光文社文庫

文庫書下ろし／長編時代小説

恋わずらい

研ぎ師人情始末(八)

稲葉　稔《みのる》

光　文　社

この作品は光文社文庫のために書下ろされました。

目次

恋わずらい

――研ぎ師人情始末㈧

第一章　隠居侍

一

日足が延び、鶯《うぐいす》の声が高くなっている。

野には菜の花、山には桜。土手道を歩けば土筆《つくし》や猫柳《ねこやなぎ》に出合う。

「春はよいな」

のんびり顔で荒金菊之助《あらがねきくのすけ》は、陽春の光をはじく大川（隅田川）を眺めた。川の向こうには深川の町屋《まちや》が広がっており、はるか遠くに筑波山《つくばさん》が霞んでいる。

「さあ、そろそろ帰るとするか」

菊之助はお志津《しづ》に声をかけた。

「ちょっと寄り道をしてもよいですか？」

振り向いていうお志津は、午後の光にまばゆい顔をしていた。

「弟子に豊後屋《ぶんごや》のお饅頭《まんじゆう》を買っていこうと思うのです」

「どこに寄る？」

「豊後屋の饅頭か……それはいい」

豊後屋は薬研堀《やげんぼり》不動のそばにある饅頭屋で、金竜山《きんりゆうざん》の米饅頭《よねまんじゆう》よりも味がいいと、このところ評判の店だった。

小唄の師匠をやっているお志津は弟子のために饅頭を買い求めたが、菊之助も自分と同じ長屋に住む次郎《じろう》の分を買った。

二人の住まいは高砂町《たかさごちよう》にあるが、菊之助はいっしょになる前から住んでいた同じ長屋の一間《ひとま》を、研《と》ぎの仕事場に使っていた。

「越してこられた池田《いけだ》さんですけど、挨拶《あいさつ》には見えませんね」

「あの浪人か……」

菊之助は歩きながら、池田又右衛門《またえもん》の暗い面差《おもざ》しを脳裏に浮かべた。齢《よわい》五十になる浪人で、思い詰めた顔をしていた。長屋の路地ですれ違っても、軽く顎《あご》を引く程度の挨拶しかせず、目も合わせようとしない。声をかけても、言葉少なに相づちを打つぐらいで、なんとも愛想が悪い。

「長屋のおかみ連中は、侍のくせに礼儀知らずだと、そんなことをいってますけど……同じ長屋住まいなのですから、どうしたものでしょう……」

お志津もいい印象を受けていないようだ。

「変わり者なのだろう」

「……仲良くとまではいわなくても、越してきた挨拶ぐらいはしてほしいものですわ。みんな少なからず助け合って暮らしているのですから……」

「そうだな」

菊之助は浜町《はまちょう》堀《ぼり》沿いの道を眺めた。新芽をつけたしだれ柳がゆるやかに揺れていた。

二人は高砂橋を渡って、自分たちの住まいである源助店《げんすけだな》に入った。お志津は自宅に向かったが、菊之助は北側筋にある仕事場に足を向けた。南側筋にある自宅は日当たりも風通しもよいが、仕事場はその逆といえた。

その仕事場の戸を開けようとして、看板が曲がっているのに気づいた。

「ふむ……」

近所の子供がぶつかりでもしたか。そう思ってきちんと掛け直した。

その看板には、「御研《おんと》ぎ物《もの》」と大書された脇に、「御槍《おんやり》　薙刀《なぎなた》　御腰《おこし》の物《もの》御免蒙《ごめんこうむ》る」という添え書きがあった。いっしょになる前に、お志津が作ってくれたものだった。

土間に入って土産の饅頭を置き、さて、次郎はどうしているだろうかと思い、おろした腰をまた上げて、路地の奥に進んだ。

次郎の家は厠《かわや》と隣り合わせた長屋のどん突きにある。戸は閉まっていた。

さては仕事か、それとも……。

饅頭を手にしたままあたりを見たが、井戸端で庄七《しょうしち》の女房・お米《よね》が、大きな尻を突き出し、せっせと洗濯をしているぐらいだった。高い空を優雅に鳶《とんび》が舞っている。

次郎が箒《ほうき》売りの仕事に出ていなければ、南町奉行所の臨時廻り同心《どうしん》・横山秀蔵《よこやまひでぞう》の手先仕事をしているのかもしれない。

……また事件でも起きたかな。そんなことを思ったが、次郎がいつ帰ってくるかわからない。夜遅くなれば、饅頭の味は落ちる。

ふと、あることを思いついた菊之助は、厠をまわり込み、人ひとりがやっと通れる路地に入った。こちらは仕事場のある路地よりさらに風通しも日当たりも悪い。そのせいで長く住むものは少なく、頻繁《ひんぱん》に住人の出入りがあった。

お志津が口にした池田又右衛門も、こっちの家に越してきたばかりだった。戸口に立つと、又右衛門は足を投げ出し、畳んだ布団を枕代わりにして昼寝の最中だった。だが、そこは枯れても武士であろうか、人の気配を察したらしく、さっと半身を起こした。

「これは昼寝のところを申しわけありません」

菊之助はへりくだっていった。

「いや、よい。なんだ？」

又右衛門は首筋のあたりをかきながら、不機嫌そうな顔を向けてくる。

「陽気がいいので、女房と気晴らしに大川まで出かけてきたのですが、帰りに饅頭を買ってきましてね。大層なものじゃありませんが、お近づきの印にと思いまして、もしよろしかったら召しあがってください」

「これはご丁寧に相すまぬ」

又右衛門は乱れた襟のあたりを直して、遠慮なく饅頭を受け取った。菊之助は部屋のなかをざっと眺める。家財道具らしきものはほとんど揃《そろ》っていなかった。竈《かまど》の上に鍋と釜があるぐらいだ。あとは平盆《ひらぼん》に茶碗と湯呑み。

「そなたは研ぎ師であったな」

又右衛門が膝《ひざ》に饅頭をのせたまま顔を向けてきた。しわは深く、髭《ひげ》もあたっていない。髷《まげ》も大分薄くなっており、白髪が交じっている。

「細々とやっております」

「細々だろうが、真面目に働くというのは悪いことではない」

「これはありがたく頂戴した。かたじけない」

もう帰ってくれという語調であった。

「池田さんは、おひとりで……」

「見ればわかるだろう」

そっけないものいいである。用がすんだのなら早く帰れ、というように顔をそむけもする。まったく取りつく島もないといった按配《あんばい》だ。

菊之助は、小さく首を振って又右衛門の家をあとにするしかなかった。

「あれではいい噂が立つはずがない」

菊之助は小さくぼやきながら、仕事場に戻った。湯を沸かし、蒲《がま》の敷物に座って、仕事がしやすいように水盥《みずだらい》や半挿《はんぞう》、砥石をいつものように揃えていく。脇にはきれいに晒《さらし》に巻かれた注文の包丁が束ねてある。

当初は日に三本あるいは五本という仕事しかなかったが、最近は得意先が増え、御用聞きにまわらなくても、先方から持ってくるようになっている。また、研ぎ上がった包丁を届けるついでに、つぎの研ぎ物を預かってくることもしばしばだ。

湯が沸いたので、茶を淹《い》れて饅頭を頬張《ほおば》った。たしかに他の店の饅頭より、やわらかくふっくらとしており、口中で広がる餡《あん》も一味違うようだ。

感心しながら平らげて茶を飲み、さあ仕事に取りかかろうと、前掛けをつけて、注文の出刃包丁を手にした。

「邪魔をする」

包丁を濡らしたとき、開け放った戸口で無粋《ぶすい》な声がした。

二

「そなたは看板どおりの仕事しかやらぬのか？」

訪問者はさっき訪ねたばかりの、池田又右衛門だった。

看板を指先で、トントンとたたきながら菊之助と見比べる。

「……どういうことでしょう？」

「看板には槍刀は研がぬと書かれておるが、そうなのかと聞いておるのだ」

上から見下す物言《ものい》いには、腹立ちを覚えてしまうが、ぐっと我慢した。

「書いてあるとおりです」

「そこをなんとか頼まれてくれぬか」

又右衛門は土間に入ってきた。手に大刀が握られている。

「そのほう、研ぎ師に身をやつしておるようだが、元は武士であろう」

「……」

「違うか？　わしの目は誤魔化せぬ」

又右衛門は食い入るような視線を菊之助に向けた。金はちゃんと払うと付け足す。

「それで、いったい何を研げとおっしゃいます」

又右衛門は手に持った刀を、ぐいっと前に差し出した。

「これだ」

菊之助は刀を見た。鞘《さや》の漆《うるし》はところどころが剝《は》げ、柄巻《つかま》きも古い。鍔《つば》を見ただけで、業物《わざもの》でないとわかる。

「わけあってしばらく手にしていなかったが、武士の魂だ。研いでくれ」

「研げとおっしゃっても、これぱかりは決めたことですので、お断り申しあげます」

「……そこを曲げて頼むのだ」

又右衛門は必死の目を向けてくる。

「刀研ぎならわたしだけではありません。決めたことを曲げるわけにはいきませんので、申し訳ありませんが、他の研ぎ師にお頼みください」

菊之助の言葉に、又右衛門は片眉を動かし、ただでさえも険しい表情をさらに厳しくすると、居間の縁《へり》に腰をおろして、身を乗り出してきた。

「そなたは元は武士であろう。わしにはわかる」

「………」

「隠さずともわかるのだ。武士の頼みを聞けぬと申すか？　池田又右衛門、一生に一度の頼み事だと思って、潔く引き受けてくれまいか」

「何やら事情がおありのようですが、できないものはできません」

「ならば……」

又右衛門は乗り出した身を引いて、仕事場を舐《な》めるように見渡した。

「ならば、砥石だけでいいから貸してくれ。それなら文句なかろう」

「これまで刀を研がれたことはおありですか？」

「……やれぬことはない」

おそらく研いでもうまくいかないだろう。下手をすれば、余計に刀を傷めることになる。

菊之助はひとつ息を吐いて、又右衛門を見た。

「ご承知とは思いますが、刀は包丁を研ぐようにはまいりません。それに、砥石はわたしの商売道具、容易《たやす》くお貸しすることもできません。それとも、よほど研がなければならないわけでも……？」

「わけなどない。ただ研いでもらいたいだけだ。余計な穿鑿《せんさく》などいたすな。無礼というものだ」

どっちが無礼だと、言葉を返したくなるが、

「ならばお帰りください。同じ長屋のよしみというのもありましょうが、決め事を破るわけにはまいらぬのです。お許しください」

菊之助は丁重に断った。

同じ長屋の住人同士、些細《ささい》なことでしこりは残したくなかった。

「強情なやつだ。……どうしても研がねばならぬのだ。だが、無理だというのなら致し方ない。二度と頼み事などせぬ」

又右衛門は卒然《そつぜん》と立ち上がると、菊之助を短くねめつけて、

「先刻はうまい饅頭をかたじけなかった。それでは失礼する」

そのまま去って行ったが、菊之助は後味の悪さを覚えていた。厄介《やっかい》な浪人が住人になったものだと思わずにはいられない。さらに、他の住人と問題を起こさなければよいがと、少し心配にもなった。

菊之助は仕事にかかった。研ぎをしている間はよほどのことがないかぎり無我の境地に

入れ、雑念を忘れることができる。もっともそれだけ、研ぎ仕事に集中している証拠でもあるが……。

「なんとか頼まれてくれぬか」

三本を研ぎ終わったとき、また戸口で声がした。

ついさっき、二度と頼み事などしないと、捨て科白《ぜりふ》を吐いて帰った又右衛門であった。最前と違い、その顔には悲壮感さえ漂っていた。

菊之助が見返すと、苦悩に満ちたような目をしょぼつかせる。

「……どうぞお入りください」

菊之助は又右衛門を招じ入れると、言葉を継いだ。

「わたしが刀や槍を研がないのにはわけがあります。お察しのとおり、わたしは八王子千人同心《はちおうじせんにんどうしん》だった郷士《ごうし》の倅《せがれ》で、父の跡を継ぐべく武芸に励んだこともありました。しかし、仕官できずに市井《しせい》に落ち、研ぎ師に身をやつしております」

「……そうであったか」

「槍や刀は申すまでもなく武士の魂。にわか仕込みの研ぎ師に、命のつぎに大切な刀を研ぐことはできないのです。それが自分のものなら我慢もできましょうが、他人様《ひとさま》のものを研ぐ技量はあいにく持ち合わせておりません。看板に添え書きをしたのは、そのようなことがあるからです」

「やはり、無理であるか……」

又右衛門は、今度は肩を落としてうつむく。急に老け込んだようにさえ見えた。しかし、それも束の間のことで、すぐに顔を上げると、唇を引き結び、真摯《しんし》な目で菊之助を凝視した。

その目には人としての力強さと、武士としての孤高の光があった。

錯覚だったかもしれないが、まざまざと武士の一分《いちぶん》を見せられたような気がした。どのように説明すればよいかわからないが、菊之助はその眼力に心を打たれた。

「……やれぬか？」

又右衛門がかすれた声を漏らした。

菊之助はつばを呑んで答えた。

「どうしても研がなければならないのですか？」

「ならぬのだ」

菊之助はしばし考えて、折れた。

「……わたしの研ぎに文句をつけないと申されるなら、あえてお引き受けいたしましょう。ただし、このことはかまえて他言されないよう約束願います」

すっと、又右衛門の片眉が上がり、目が輝いた。

「やってくれるか」

「……いつまでに仕上げればよいでしょう？」

「早いほうがいい。だが、そなたの都合もあろうから、まかせる」

「それじゃ明日の夜にでもお届けにあがります」

「かたじけない。いや、助かった」

又右衛門は、ほっと安堵《あんど》の吐息をついて、口許《もと》に笑みさえ浮かべた。

三

又右衛門が越してきたのは、つい四日ほど前のことだった。しかし、彼に対する悪評はあっという間に、長屋に広まっていた。

引っ越しの挨拶回りをしなかったのが、長屋の連中の気に入らないところだったが、それにくわえて愛想がない、どこか人を見下している、ときに遠慮のない目を向けてくるのが気味悪いなどということであった。

「わたしもあの人は苦手です。どうしてあんな陰気くさい人が入ってきたのかしら」

滅多に人の悪口をいわないお志津さえ、そんなことを口にした。今朝も井戸端に洗面に行ったとき、菊之助は同じような悪口を聞いた。

「耄碌《もうろく》侍のくせに、お高く止まりやがって……」

そんなことをいう女房がいるかと思えば、

「ありゃ、何か悪いことをしてこの長屋に逃げ込んでるんだよ。ひょっとすると凶状《きょうじょう》持ちかもしれないよ」

と、自分の想像力をふくらませる女房もいた。

さらに口さがない女房連中は示し合わせて、「村八分」にしようと相談しているらしい。つまり、向こうがきちんとした挨拶ができないのだから、こっちもしないで、一切関わりを持たないようにしようといっているのだ。

「……何もつまはじきにするのはどうかと思うのだがな」

菊之助は井戸端で耳にしたことを、お志津に話して茶を飲んだ。

「そういわれても、わたしもみんなのいうことはわかります」

「お志津までいっしょになることはないだろう。何も悪さをしたり、迷惑をかけているのではないのだ。ただ控えめで、内気なだけかもしれないだろう」

「そんなふうには見えませんよ。まったく、菊さんも人のいいことを」

「お志津……」

菊之助はめずらしく声を荒げた。台所に立っていたお志津が、びくっと肩を動かして振り返った。

「何が人のいいことをだ。何もわからないのに、無下《むげ》なものいいをするんじゃない。いつからそんな人品を下げるようなことをいうようになった。おまえはもっと賢い女だったではないか」

「そんなに怒らなくてもいいでしょうに……」

「女房連中と一緒くたになるからだ」

どんと、湯呑みを置いて菊之助は家を出た。

路地を歩きながら、ちょっと自分もいい過ぎたと反省した。しかし、よってたかって池田又右衛門をないがしろにする言葉を耳にするたびに、反抗心がわいていた。無論、悪評を立てられる又右衛門にも問題はあるだろうが、陰口をたたくにもほどがある。

「菊さん」

持って行き場のない腹立ちを覚えながら歩いていると、声をかけられた。次郎だった。

「昨日は遅かったようだな」

「へえ、横山《よこやま》の旦那の手伝いです」

やはりそうだったか。

次郎は得意そうな顔で近づいてくる。町方の手先として動くのが好きなのだ。それに秀蔵もよく面倒を見てくれている。実家は本所尾上町《ほんじょおのえちょう》にある瀬戸物屋だが、家を継ぐ長男とそりが合わず飛び出しているのだった。

「何か事件か?」

「ええ、霊岸島《れいがんじま》で火事があったでしょう。あのとき、新川《しんかわ》の油問屋に押し入った盗人《ぬすっと》捜しです。火事騒ぎにまぎれ、百二十両という大金を持ち逃げした奉公人がいるんです」

「百二十両……そりゃ大金だな。茶でも飲んでいくか」

「遠慮なく」

霊岸島で火事が起きたのは二月のことで、まだ一月《ひとつき》ほどしかたっていない。火事も大変であったが、あのときは火消し人足らが派手な喧嘩《けんか》をして怪我人も出ていた。喧嘩のもとは、消し口を争ってのことである。

火消しらは、消し口を確保することが、ひとつの面目であり誇りとなっていた。些細なことではあるが、火事場での喧嘩騒ぎはこの取り合いが最も多かった。

仕事場に入った菊之助は、仕事の支度にかかりながら茶飲み話をしていたが、

「あの新入り、評判がよろしくありませんね」

と、次郎が妙なことをいった。

その口調はいつの間にか、町方の手先となっている小者や岡っ引きの言葉つきだった。もちろん、次郎が何をいいたいか、菊之助にはぴんと来た。

「新入りとは何だ？」

「へっ？　この前越してきた浪人ですよ。無愛想ったらありゃしねえ。こっちが挨拶したって、知らんぷりしてんですからね。いつも虫の居所の悪い面《つら》しやがって、一度文句いってやろうかって思うんです」

「何もわからず、そうあしざまにいうもんじゃない」

菊之助は取りあわずに、仕事道具を揃えていった。

「みんないってますよ。感じの悪いのが来て……」

「次郎、もういい。人は人だ。自分は自分だろう。それとも人の悪口をいうのがそんなに楽しいか」

「楽しいとか、そういうんじゃありませんが……」

菊之助の厳しい目に気づいた次郎は、語尾を細くした。

「だったらいわないことだ。池田さんがどういう人かよく知らないが、悪い人じゃないだろう。挨拶しないぐらいで、目くじら立てることはない」

「……は、まあ……」

「それはそうと、秀蔵の助働《すけばたら》きに行かなくてもいいのか？」

「いや、そろそろ行かなきゃなりません」

「だったら早く行け」

「なんだ、菊さん。機嫌悪いんですか？」

「そうじゃない。忙しいんだ」

ぴしゃりといってやると、次郎は首をすくめて、立ち上がった。

「それじゃあ行ってきます」

「ああ、わかってるだろうが、無茶はするな」

次郎が出ていくと、菊之助は、まったくどいつもこいつも同じことを口にしてと、いささか辟易《へきえき》顔で仕事に取りかかった。

又右衛門から預かった刀に取りかかったのは、その日の午後になってからだった。

いざ刀を抜いてみると、ずいぶん傷んでいた。目釘はゆるみ、刃には錆《さび》さえが浮いていた。

ぬぐい紙で棟方《むねかた》から、古い油を拭《ふ》き取ったが、これにも錆がついた。鑑賞するまでもなく、研ぎが必要だった。

刀は鎬造《しのぎづく》りで、中切先《なかきつさき》になっており、刃紋は凡庸《ぼんよう》な直刃《すぐは》、地金も板目肌で、ごく一般的な刀であった。

菊之助は錆を取ることからはじめ、一度刃先をつぶしてから研ぎに入った。単に刃先の切れ味をよくするための包丁や鋏《はさみ》と違い、刀の研ぎは慎重に進めなければならない。

斬れ味を鋭くするのはいうまでもないが、刀身全体を磨き込むように研がなければならない。研ぎというより、研磨するといったほうが正しいかもしれない。

一本の刀ではあるが、研ぐ場所は刃・地・棟・切先があり、すべて同じ研ぎ方ではない。仕上げの磨き方にも技術が必要で、油断できない根気のいる作業だ。

研ぎが終わったときは、すっかり日が暮れていた。しかし、それですべてが終わったわけではない。菊之助は目釘を抜き、柄を外し、茎《なかご》（柄に入っている細い部分）と鞘から刀が不用意に抜けないようにしている「はばき」といわれる留め金も外した。

茎の錆を入念にぬぐい取り、薄い油を塗る。はばきの汚れも落とし、油を塗り、さらにはばき下の部分にも丹念な手入れを忘れない。最後に、柄巻きを締め直し、外したものを元に戻した。

ようやく作業が終わったときは、すでに六つ半（午後七時）近かった。

四

菊之助は研ぎ終えた刀を風呂敷に包み込むと、又右衛門の家に向かった。各戸の明かりが薄暗い路地にこぼれている。

「ちゃんと申し開きすればよいではありませんか」

若い女の声を聞いたのは、又右衛門の家の前だった。

菊之助は刀を持ったまま足を止めた。

「……話が通ればわしもそうしたいのだ」

「でも、これでは疑われたままではございませんか」

又右衛門と女は声を極力抑えて話している。薄い壁板一枚なので、睦言《むつごと》も聞こえてしまう長屋だ。さらに腰高障子《こしだかしょうじ》一枚となればなおのことだった。菊之助は声をかけるきっかけをなくした。

「ともかく家に帰ることはできぬ」

「わたしもまかり間違っても父上の仕業などとは思っておりません。父上を信じております。だからこそ、ちゃんと申し開きをすべきだと、そう思うのです。隠れていれば、濡れ衣《ぎぬ》を着せられたままで、かえって立場が悪くなるのではありませんか」

女は又右衛門の娘のようだ。しかし、これは尋常な話ではない。暗がりに立つ菊之助は研いだばかりの刀を強くつかんだ。

「……ともかくおまえの話はわかった。今日は帰れ」

「お役人にきちんと話をしてまかせればよいではありませんか」

「馬鹿を申すな。それができれば、端《はな》からこんなことはせぬ。いいから帰れ。なんとしてでもわしの手で下手人を捕まえる。そうでなければわしの身の潔白は明《あ》かせられぬ」

「どうやって捜すのです。下手人に心当たりでもあるのですか？」

「なければ、こんなことはせぬ」

「……いずれ、手配がまわりますよ。何度も町方のお役人が来てるんです。家を空けていると言うい い訳は通用しなくなるでしょうし、さらに疑いは深くなります。いいえ、もう父上の仕業だと決めつけられているのかもしれません」

短い沈黙があった。

「……何度も同じことをいうが、わしは神明に誓っても潔白だ。ともかくわしにまかせておけ」

娘は短いため息をついた。それから唐紙《からかみ》越しに立ち上がるのがわかった。菊之助は路地を少し戻った。又右衛門の娘が表に姿を現したのはすぐだった。

悩ましげな顔をうつむかせ、路地を抜けてきたが、菊之助に気づき、軽く会釈をした。薄暗がりではあったが、夜目にも目鼻立ちの整った美人だった。

菊之助は長屋を出て行く娘をしばらく見送っていたが、その姿はすぐに視界から消えてしまった。

尋常でない話を耳にしてしまった。又右衛門にどんなことが起きているのか、詳しいことはわからないが、何らかの事件に関わっているようだ。

自分の手で下手人を捜すといっているが、日中出歩くことが多いのはそのためだろう。

菊之助は手にしている刀を見た。研ぎを頼んだのは、いざというときのことを考えてのことなのか……。

ともかく菊之助は刀を納めに行った。戸口で声をかけると、「開いている、入れ」という声が返ってきた。

「研ぎ上がったか?」

菊之助は黙って刀を渡した。

受け取った又右衛門は、まず柄巻きが締め直されていることに目を瞠《みは》った。それから作法通り、袱紗《ふくさ》を膝にのせ、刃を上にして鞘を払った。刀を燭台の明かりに近づけ、袱紗を棟に添えて、息を詰めたように鑑賞する。

「……見事だ」

短く感歎したようにつぶやき、菊之助に視線を向けた。

「これが自分のものかと思うほど、よい仕上がりだ」

「わたしの腕では心許ない出来上がりでしょうが、満足していただければさいわいです」

「何を申す、十分だ。して、研ぎ料は？」

「……一両でお願いできればありがたいのですが、いかがなものでしょう」

腕のいい職人なら三両はもらうところだろうが、菊之助は自分の腕では一両でも高すぎるのではないかと思っていた。

「ずいぶん控えめではないか。だが、そなたが一両でよいというなら……」

又右衛門は刀を鞘に納めると、財布から一両をつかみ取り、菊之助に渡した。

「ほんとによろしいので……」

「何を申す。たった今、一両だと申したではないか」

「それじゃ遠慮なく」

菊之助は金を拝むようにして受け取り、懐《ふところ》にしまった。

「池田さん、それにしてもずいぶん手入れを怠っておられたようですね」

「……使うことなど滅多にないからな。刀は武士の魂とはいえ、この時勢に振りまわすことなどない。いわば武士の飾りといってもよいだろう」

「たしかにそうでしょう。……研ぎを思い立たれたのは、何か思うことがあってのことでしょうか？」

菊之助の問いに、又右衛門は眉宇《びう》をひそめた。

「思うも何も、研ぐのにわけなどいらぬだろう。おかしなことを聞く男だ」

又右衛門は湯呑みを口に運んだ。いつもの深刻な顔つきは変わらない。

「つい先ほどのことですが、こちらから若い女が出て行きましたが……」

又右衛門は菊之助をにらむように見た。

「いえ、厠に行くときにたまたま見かけましたので……」

菊之助はうまく誤魔化した。

「娘だ」

又右衛門は短くいって湯呑みを置いた。

「すると、娘さんは近くにお住まいで……」

「そんなことを聞いてどうする。娘がどこに住んでいようが、そなたには関わりのないことだ」

「いえ、あまりにも美しい方でしたので……」

「娘のことなどどうでもよい。荒金殿、もう金は払ったのだ」

用がすんだのだから、さっさと帰れということだろう。

「池田さん、この長屋には気のいいものばかりが住んでおりますが、何かご不便なことがありましたら、どうぞ遠慮なく声をかけてください。わたしにできることでしたら、何でもいたしますので」

「それはまた親切な。ふむ、何かあったら頼むかもしれぬが、いらぬ心配は無用だ」

又右衛門は歯牙《しが》にもかけないという顔を向けてくる。

「……そうですか、それじゃこれで失礼します」

表に出た菊之助は、噂どおり愛想のない男だと思った。だが、娘との話を聞いた手前、このまま黙っているわけにはいかない。下手をすれば、長屋の連中に迷惑が及ぶかもしれない。菊之助はそのことを危惧した。

五

「ずいぶん、遅くなりましたね」

家に帰ると、お志津が迎えてくれた。だが、どこかに遠慮が感じられる。今朝出がけに、些細な口論をしたのを気にしているのだろう。

「池田さんから研ぎ仕事があってな」

「池田さんから……」

「急な頼み事で、それを仕上げてきたばかりだ」

刀剣の研ぎだとはいわない。

「そうでございましたか。お食事はすぐに用意できますが、お酒をつけますか？」

「うむ。頼む」

菊之助は居間に腰をおろしてあぐらをかいた。すると、台所に行きかけたお志津が振り返った。

「菊さん……」

「………」

「今朝のことですが、わたしが至りませんでした」

お志津は殊勝な顔で頭《こうべ》を垂れた。

「気にはしていないよ。さ、先に酒を……」

さらりといってやると、お志津はほっとした笑みを浮かべて台所に立った。

その夜、菊之助は又右衛門のことには何も触れなかったが、お志津の口からも彼のことは出てこなかった。

ところが、翌朝気になることを耳にした。それは菊之助が、仕事場に入ってすぐのことだった。訪ねてきた次郎が、

「菊さん、おいらもずいぶん横山の旦那に見込まれたようです」

と、得意顔でいう。

「そりゃ結構なことだ」

「まあ、ちょいとした聞き込みだったら、これまでもひとりでやってたけど、大事なことになると五郎七《ごろしち》さんか甚太郎《じんたろう》さんと組まされるのが常でした。ところがどっこい、今度はひとりでやれっていわれたんですよ」

「ほう。すると例の霊岸島の件は片がついたのか？」

菊之助は湯呑みを吹いて、口をつけた。

「あの下手人は昨日、別の同心の旦那がお手柄を立てられて、横山の旦那は暇になったんです。ところが、一月ほど前に起きた事件が片づいておりませんで、それをやることになったんです」

「つぎからつぎと厄介があるものだな。それで、いったいどんなことだ？」

菊之助もまったく興味がないわけではない。

「渋谷広尾町《しぶやひろおまち》にある飲み屋で、殺しがあったんですけどね、これが妙な話なんです」

「妙とは……？」

「へえ、客同士が斬った張ったの喧嘩沙汰《ざた》を起こして、女将《おかみ》が止めに入って、どうにかその場は落ち着いたらしいんですが、その夜、店の女将が何者かに殺されて、十両を盗まれてるんです」

「……ふむ」

「下手人はさっぱりわからなかったんですが、嫌疑をかけられたやつが三人ほどいるんです。このうち二人のことはわからないままですが、ひとりだけ身許のはっきりしたのがいるんです。それが中村《なかむら》又右衛門という男です」

「中村又右衛門……」

菊之助は眉をひそめた。

「ええ、御番所《ごばんしょ》の旦那はその中村に聞き込みをしているんですが、いつの間にかこの男が姿をくらましているんです。それで、その中村を捜してこいってわけです」

「その男のことはどこまでわかっているんだ？」

「年は五十で、女房と娘がおります。元は小姓組《こしょうぐみ》にいた旗本ですが、早々《そうそう》に隠居願いを出した変わりものです」

「家族も中村の行方がわからないのか？」

「らしいです。ひょっとすると、逃げている二人の男に殺されたのかもしれませんが……その辺のことはまだはっきりしておりませんで、ともかく中村又右衛門捜しです」

「……中村の住まいはわかっているのだな」

「住まいは殺しのあった飲み屋からそう遠くない、中目黒《なかめぐろ》村らしいです。これからあたりに行くんですけどね」

菊之助は軽く視線を泳がせて言葉をつないだ。

「おまえひとりで大丈夫か？」

「なにいってんです。横山の旦那からの直々《じきじき》のお指図なんですよ。まかしておいてくださいって」

次郎は自慢げに胸を張ってたたく。

「無理はしないことだ」

「へえ、ご心配なく。それじゃ菊さん、おいら行ってきますよ」

張り切って出かける次郎を見送った菊之助は、壁の一点を凝視した。

……中村又右衛門。まさか、あの人のことでは……。

昨夜立ち聞きしたことが脳裏に甦《よみがえ》った。

池田又右衛門はやってきた娘に、身の潔白を明かすために下手人を捜すといっていた。さらに、何度も町方の聞き込みを受けているようなことを話していた。

考えれば考えるほど、次郎から聞いたことと、立ち聞きしたことが似通っている気がしてならない。

菊之助は仕事にかかろうとしたが、気の迷いが生じてその気になれそうになかった。また、急ぎの仕事もあるわけではない。おもむろに前掛けを外すと、仕事場を出た。

そのまま又右衛門の家を訪ねたが、すでに出かけたあとらしく留守だった。どうしようかと少し考えたが、迷わず大家の源助を訪ねることにした。

「おやおや、荒金さん。まだ月末でもないのに、几帳面《きちようめん》なことで。家賃の支払いだったらいつでも歓迎ですよ。ささ、どうぞ遠慮なく」

源助は梅干しみたいなしわ深い顔をほころばせる。

「家賃ではありません。ちょっと訊《たず》ねたいことがありまして……」

「訊ねたいこと？　はあ、なんでしょう？」

源助は火鉢にかけた鉄瓶を取り、茶を淹れてくれる。六十の坂を越している老人だが、見た目と違ってすこぶる元気で屈託がない。

「うちの長屋に池田又右衛門という人が越してきましたね」

「ああ、いるね。ちょいと陰気な男だが、根は真面目そうな浪人だ。あの人がどうかしましたか。さあ、お召し上がりください。こんな爺《じじい》の淹れた茶じゃ物足りなかろうが、その辺はご勘弁を……」

源助はへっへっへ、と楽しそうに笑う。

「池田さんはどちらの生まれです？」

「生まれ？　たしか目黒のほうでしたね」

「目黒……」

これにも菊之助は引っかかりを覚えた。

「家族はどうなっています？」

「家族……独り身ですよ。なんでも気楽に暮らしたいといっておられましたな。隠居浪人とはいえ、家禄のある方ですから、ほいほいと貸してあるんですよ。それに請人《うけにん》も小姓組の立派な旗本です。文句はいえません」

「小姓組……」

「さようで。池田さんも以前はそうだったようです」

もうこれ以上聞かずともよかった。次郎が口にした中村又右衛門と、池田又右衛門は同一人物なのだ。

六

又右衛門は大橋東詰の垢離場《こりば》に近い茶店で休んでいた。

その目はぼんやりと、垢離場で清めをしている女に注がれていた。垢離場は大山詣《おおやままい》りや願掛けなどをするとき、心身を清めるための場所である。大山詣りの時期ではないので、女は何かの願をかけているのだろう。実際、呪文のような経を一心に唱えている。

又右衛門も願掛けをしたい心境であった。

あの店の女将を殺したのは、自分ではない。それだけははっきりしている。だが、それを証すものが何もない。自分としたことが、今さらながら悔やまれる。遠くに視線を投げ唇を嚙《か》む又右衛門は、膝の上の湯呑みを強くつかんだ。

あの晩、なぜあそこまで酔ってしまったのか。

又右衛門は心中でつぶやく。

酔わずにはおれなかったのだ。あの日、又右衛門は青山《あおやま》に住まう古沢儀兵衛《ふるさわぎへえ》宅に招かれ饗応を受けていた。古沢とは同じ小姓組の朋輩《ほうばい》だったということもあり、なんの遠慮もいらぬはずだった。ところが、又右衛門同様に招かれていた今井久太郎《いまいきゅうたろう》は遠慮会釈もない男で、又右衛門の気分を害すること甚《はなは》だしかった。

「勿体《もったい》ないことを、何故《なにゆえ》隠居などをして百姓の真似事をされる」

「人にはそれぞれ思うことがある。早い隠居だろうが、遅い隠居だろうが、貴公にあれこれいわれる筋合いはない」

又右衛門がそういえば、今井はさらに言葉を返してきた。

「思うことがあると申されるが、それは百姓をしたかったということでござるか？　庭仕事ならわからなくもないが、畑を耕し野菜を植えるなど……とてもご公儀に仕えていたもののすることとは思えぬ」

今井は穏やかな外貌とは違って、人間的に屈折したところがあり、日頃から発言に問題があった。さらには百姓を蔑《さげす》んでいたし、またその言葉には険《けん》があった。

「百姓仕事をしてどこが悪い。そもそも我ら武士は、土と汗にまみれて生きる百姓たちの世話になっているのだ。あまり馬鹿にすることをいうでない」

又右衛門には押し問答をする気はなかった。ところが今井は、こういったやり取りを楽しむ癖がある。適当に相手をして退席しようと思ったが、今井は又右衛門を挑発するようなことをいう。

「何を腹を立てておられる？　それがしは馬鹿になどしておらぬ。おらぬが、我々武士が百姓の世話を受けているとは思わぬ。あのものらの面倒を見ているのは、ご公儀であるし、諸国の大名たちではないか。その庇護があるからこそ、やつらはのうのうとして暮らしができるのだ」

「百姓はのうのうと暮らしているわけではない。貴公に何がわかるというのだ」

又右衛門は吐き捨てるようにいうと、一息に盃をあおった。二人のやり取りを、そばで聞いていた古沢が、仲を取り持とうとしたが、

「おやおや、中村さんはいつから百姓の肩を持たれるようになられた？　畑を耕せば百姓の気持ちがわかるとでもいいたいようだ」

今井は又右衛門の気持ちを、逆撫《さかな》でするようなことをいう。

「いかにもそうだ」

又右衛門はすっかり気分を害していた。

「ほう、やはり中村殿は落ちられたな」

「なに、落ちた？　言葉が過ぎるぞ今井」

又右衛門はぎっと、目を厳しくして今井をにらんだ。ところが今井は、小馬鹿にしたよ

うな笑みを口辺に浮かべたまま言葉を重ねた。

「卑賤《ひせん》な百姓を庇《かば》われるから、落ちたといったまでのことです。他意はござらぬ」

それ以上問答をつづければ、どうなるかわからないと思った。席を蹴るように退出したのはすぐのことだ。又右衛門は招いてくれた古沢に礼をいって家路についた。

だが、胸くその悪さは、すぐには収まらず、不機嫌な顔のまま家に帰るのも憚《はばか》られた。憂さを晴らすために、もう少し酒を飲もうと思った。だが、あれがいけなかった。


ざばーっ。

水垢離《みずごり》をしていた女が勢いよく立てた水音で、又右衛門は我に返った。白装束の女は、いくら春めいた陽気とはいえ、さすがに寒さに震えているようだった。

何故、あんなことをしているのだろうかと、又右衛門は訝《いぶか》しんだが、またあの夜のことを思い出すのだった。

家からほどないところにある「よし」というその店に入るのは初めてであった。

十坪ほどの板の間の入れ込みがあるだけの質素な店だが、なかなかの繁盛ぶりだった。

「お初にお目にかかりますね。どうぞごゆっくりしていってくださいまし」

挨拶に来た女将はそつのないことをいって、酌をしてくれ、亭主を亡くしたばかりで、ひとりで店を切り盛りしているなどと、自分のことを話した。

おさちという女が手伝いをしていたが、これは近所の百姓の娘だった。おさちも手が空けば、又右衛門のそばにやってきて酌をしてくれた。

いつしか酔いがまわり、今井とのくだらない問答も忘れかけたのだが、今度は店の客同士の喧嘩がはじまった。

当初は口論であったが、互いに刀を抜け、抜かぬなどという騒ぎになり、又右衛門が仲裁に入ったのだが、二人は強情であった。女将のおよしが仲裁に入って、ようやくことなきを得たという次第だった。

しかし、女将はなかなかの女丈夫《じょじょうふ》で、他の客のこともあるからと、あやうく刃傷沙汰《にんじょうざた》を起こそうとした二人に苦言を呈した。

「こんな騒ぎはごめんです。いくらお侍とはいえ、今後この店への出入りはお断りいたします。今夜の勘定もいりませんので、どうかお引き取りください」

言葉は穏やかだったが、その言葉には有無をいわせぬ響きがあった。

およしに追い出された二人は、店を出る際、生意気な女だとか、お高く止まりやがってなどと、捨て科白を忘れなかったらしい。

〝らしい〟というのは、およしが喧嘩の仲裁をしているときに、又右衛門は睡魔に襲われ、舟を漕《こ》いでいたのだ。

さらに喧嘩の理由も、又右衛門にもしかとわからない。それに罵《ののし》りあっていた内容もよく覚えていない。ただ、二人とも浪人のような身なりであり、口論の前に二人が話していた言葉の断片をぼんやり覚えているぐらいだ。それも、ずっとあとになってようやく思い出したことであった。

「……鷹」

「……餌」

「……雀」

元幕府役人であっただけに、又右衛門もその言葉を思い出したとき、はっと目を瞠って、そうであったかと、自分の膝をたたいた。

三つの言葉から、まず考えられるのは、鳥見役である。これは江戸近郊にある御鷹場《おたかば》の視察と餌付け、密猟の監視などをおこなう役人であるが、同時に江戸城防衛のための地理・地形の調査と作成を兼ねていた。

ともかく「よし」で騒ぎを起こした二人の男は、鳥見役と考えてよかった。さらに、二人の名もぼんやりとではあるが、記憶の底から甦っていた。

「蛭間《ひるま》、おぬしがいうことは……」

ひとりは蛭間某《なにがし》である。さらにもうひとりは、

「大三郎《だいざぶろう》、愚痴ばかりではつまらぬ……」

姓はわからないが、名は大三郎である。

要するに又右衛門は、蛭間と大三郎という鳥見役を捜せばよかったのである。

しかし、鳥見役に蛭間という男も、大三郎という男もいなかった。

それでは、あの二人の浪人は、いったいどこへ行ったのだ？

又右衛門は遠くの空に浮かぶ雲を見て、ゆっくりと拳《こぶし》を握りしめた。返す返すも自分の失態が悔やまれてならない。しかし、心の隅にはもしやという思いもあった。あのとき酔っていなければ、こんな苦労などすることはなかったのだ。

酔った勢いで自制が利かずに、過ちを犯しているのではないだろうかということだ。しかし、自分は金など盗んでいない。

人を、それも女を殺《あや》めるなど、たとえ酔っていたとはいえまかり間違ってもするはずがない。

わしは無実だ！

心の内で叫んだ又右衛門は、卒然と立ち上がると、大橋を急ぎ足で渡った。

七

日が翳《かげ》り、あたりがほの暗くなった。

菊之助は仕事場の戸を開け放し、路地を往き来する長屋のものたちを、仕事をするでもなく、見るともなしに見ていた。そうやって又右衛門の帰りを待っていたのだが、いっこうにその気配はなかった。

出職《でしょく》の大工や左官が帰って来て、女房連中が夕餉《ゆうげ》の支度に追われている。子供たちが無邪気な声を上げて、目の前の路地を走っていったりする。

そんなことをぼんやり眺める菊之助は、又右衛門のことも気になっていたが、次郎のことも頭から離れなかった。次郎がどこまで調べをしてくるかわからないが、すでに中村又右衛門と池田又右衛門が、同一人物であることに気づいているかもしれない。

気づいていれば、秀蔵に連絡をして、その手配を終えているだろう。そうなれば、又右衛門は縛《ばく》につかなければならない。しかし、又右衛門と娘の話を聞いたかぎり、又右衛門は無実である。

実際、どんな経緯《いきさつ》になっているかわからないが、捕縛されたものがたとえ無実だったとしても、罪に問われることも少なくない。

もし、十両の盗みだけなら、なんとか重刑を免れることができる。御定書《おさだめがき》に従えば、十両で死罪となるが、多くは罪人の家族のことを考慮し、反省の色を窺《うかが》うことができれば、刑一等を減じられる。しかし、事件には殺しが絡んでいる。

こうなると、救いようがない。又右衛門が無実なら、その証拠を揃えるしかない。だが、どうやって……？

ふと表を見ると、夕餉の煙が路地を流れていた。すでに火点《ひとも》しごろだ。

菊之助は研ぎ上がった包丁は明日にでも届けに行こうと決め、片づけにかかった。次郎がやってきたのは、それからすぐのことだった。

「菊さん、行ってきましたよ」

戸口に立った次郎はいきいきとした目を輝かせていた。

「それはご苦労だった。それでどうした？」

「まあ、今日の今日、下手人が見つかるとは思っていませんでしたから……」

次郎は三和土《たたき》に入ってきて、上がり口の縁に腰をおろした。

「まさか、見つけたというのか？」

「とんでもない。そんな簡単にはいきませんよ」

次郎は鼻の前で手を振る。菊之助は内心胸をなで下ろした。

「それでどこまでわかった?」

「あまりありませんが、中村又右衛門の家には奥さんと娘がいるんですが、ああ、そうそう、この娘ってえのが、えらい別嬪《べっぴん》でしてね。あんないい女を目の前にするのは、滅多にないんで何だかどぎまぎしちまって……いや、ほんと」

「そんなことより、どうなのだ?」

菊之助は遮《さえぎ》って聞いた。

「へえ、よしの女将が殺された晩ですが、中村はかなり酔っていたといいます。客が帰っても眠りこけたままで、おさちっていう女中が起こそうとしても起きなかったらしいんです。それで、女将が放っておけばそのうち起きるだろうというので、おさちは片づけをして帰ったといいます」

「すると店に残っていたのは、中村と女将のおよしだけということか……」

「そうです。ですから、客が帰ったあとのことは、下手人と女将しか知らないってことになるんです。要するに、そこに中村がいたってことはたしかなんですよ」

「家のものは何といっている? 中村がいつ帰宅したかということだ」

「娘も奥さんも、四つ半(午後十一時)前だったと口を揃えます。それだけは間違いないと、相当酔っぱらっていたらしいですが……」

「四つ半……。おまえがいうには、殺しの疑いがかけられているのは、喧嘩沙汰を起こした二人と、その中村なのだな」

「そうです」

「喧嘩騒ぎがあったとき、他に客は何人ほどいたんだ？」

「おさちって女中がいうには、十人ほどいたらしいですが、女将が騒ぎを収めるころには、とばっちりを恐れたのか、ほとんどの客は帰っていたってことです」

「そのとき中村は何をしていたんだ？」

「だから、居眠りしていたんですよ」

「ふむ……」

「何かあるんですか？」

次郎が身を乗り出して聞く。

「おまえはどう思うのだ？　その中村があやしいと思うのか？」

「最初はてっきりそうだと思ってたんですが、奥さんと娘の話を聞くと、何だかわからなくなりましてね。わからないっていうのは、他の旦那が何度か聞き込みをしているんですが、中村は金など盗みもしないし、まして女将を殺すなど及びもつかないと、そう申したそうで……」

「それだけで町方は引き下がったというのか？」

「元小姓組の旗本ということもあるんでしょうが、下手人であるという証拠もありませんから、しかたなく様子見ということになっているようで……」

「中村の不在を家のものは、どういってるんだ？」

「しばらく旅に出たと、それだけです。気楽な隠居暮らしだから、永年の労を癒《いや》すためだと……行き先もわかっておりません。しかし、おかしいことがあります」

「なんだ？」

「中村が隠居したのは一年ほど前らしいんですが、以来、畑仕事を好んでやっています。屋敷もそのために、中目黒に移したといいます。ですが、大事な畑を放って、長旅に出たというのが、どうにも腑に落ちないじゃないですか」

次郎は腕を組んで、そうなんですよ、と付け足した。

「おまえもいいところに気づくようになったな」

「へへ、まあ」

次郎は照れてからつづけた。

「それに、中村は町方の聞き込みには十分答えているのだから、もう聞かれることはないだろうといっているようで……」

「それは家のものにということだな」

「そのとおりです」

次郎がそう答えたときだった。家の前を又右衛門が通り過ぎていった。菊之助はさっと腰を上げると、草履《ぞうり》を突っかけて表に出た。

「菊さん、どうしたんです？」

次郎の声が追いかけてきたが、取りあわなかった。

又右衛門は先の路地を曲がろうとしていた。

「池田さん」

声をかけると、又右衛門はすぐに足を止め、ゆっくり振り返った。

「なんだ？」

「そのちょっと、あとでお邪魔してもいいですか？」

又右衛門は陰鬱《いんうつ》な目を向けてくるだけで、すぐには返答しなかった。

「話したいことがあるんです」

「何の話だ？」

「大事な話です」

菊之助がそういったとき、又右衛門の目が警戒するように見開かれた。その視線は菊之助の背後にあった。振り返ると、木戸口から小者に提灯《ちょうちん》を持たせた横山秀蔵がまっすぐ歩いてくるところだった。

黒羽織を引っかけた秀蔵は、小袖の裾をひるがえし、凜々《りり》しい顔つきだ。歩みを止めることもなく近づいてくる。

その途中に次郎が立っており、菊之助と秀蔵を交互に見ていた。

「菊の字」

秀蔵が声をかけてきた。その目はいつになく厳しいように思えた。

もしや、又右衛門のことが、秀蔵の耳に入ったのでは……。

菊之助は心の臓を高鳴らせた。

第二章　渋谷広尾町

一

「今まで仕事かい。ずいぶん熱心じゃねえか」

秀蔵はいつもの口調だ。足を止めると、

「今日の話を聞きに来た。ちゃんとやってきただろうな」

と、次郎をそばに呼んで、ぐるりと首をまわし、すうっと又右衛門に目を向けた。又右衛門も目をそらさずにいたが、その顔はこわばっているようだった。

「知り合いか？」

秀蔵が低い声でいって菊之助を見た。

「最近越してこられた方だ」

「そうかい。ちょいと話がしてえ」

秀蔵は又右衛門には目もくれず、菊之助の肩を抱くようにして、

「おまえも来るんだ」

と次郎にも顎をしゃくった。

表にうながされた菊之助は、又右衛門を振り返ったが、もうその姿はなかった。秀蔵の目的が、又右衛門でなかったことに、わずかな安堵を覚えた。

通りに出ると、提灯を持つ小者の寛二郎《かんじろう》が足許を照らしてくれた。

「霊岸島の一件がようやく片づいてな。それで、ほっとしたところだが、なかなか世間はおれを休ませてくれねえ」

秀蔵は歩きながらそんなことをいった。

霊岸島の一件とは、火事場泥棒のことだ。

「それで、菊之助。広尾の飲み屋で起きた殺しのことだ。次郎からさわりぐらいは聞いてるだろう」

「詳しくはわからぬが……」

「ま、いい、腰を据えて話そう。今日は何だかんだと疲れたからな」

一行は浜町堀に架かる栄橋《さかえばし》近くの小料理屋に入った。秀蔵は甘党だが、この時分にそ

んな店は開いていないし、膝詰めの話をするには小料理屋のほうがよいのだろう。

「好きなものを注文しな」

みんなは秀蔵に勧められるままに勝手に注文した。こういったところは遠慮がいらない。それに、菊之助と秀蔵は、幼馴染み《おさななじ》の従兄弟《いとこ》という間柄でもある。

「まずは次郎、おまえの調べを聞こうじゃねえか」

伝法《でんぽう》なものいいをする秀蔵だが、すらりと背が高く、町の娘たちが振り返るほど眉目秀麗な男だ。次郎は菊之助に話したことと、ほとんど変わらないことを報告していった。その間、秀蔵は黙って耳を傾け、酒を舐めるように飲み、刺身をつまむ。菊之助ももう一度、次郎の話に耳をすましていた。

「するってえと、中村又右衛門の行き先はわからないままか……」

ひと通り話を聞き終えた秀蔵は、煙管《きせる》を吹かしながらつぶやき、

「隠居とはいえ、相手は立派な家禄のある旗本、妙な手出しができねえのが癪《しやく》に障《さわ》るってやつだ。ちくしょう……」

吐き捨てるようにいって、首を振る。色白の頬は酒を飲んだせいで、ぽっと桜色に染まっていた。秀蔵は下戸《げこ》ではないが、酒はそう強くない。

「証拠が足りないからでもあるのだろう」

菊之助は遠慮なく酒を飲む。

「それもあるが、当番方の平同心の調べが甘いんだ。おれの手が空いてりゃそんなこともなかったんだろうが……」

当番方には分課・分担がなく、交替で宿直勤務につき、庶務や受付をやるほか捕物出役に応じ、ときに見廻り同心の応援にもあたる。今回、居酒屋「よし」の一件は、当初この当番方が担当していた。

「相手が旗本だからって遠慮したのもいただけねえ」

秀蔵は当番方に苦言を呈しながら、納豆に梅肉をまぶした肴《さかな》を口に運ぶ。

「まあ、調べをした同心が若かったってえこともあるが……」

基本的に町奉行所同心が連行捕縛できるのは、江戸府内の農・工・商である。おそらく最初に調べにあたった町方は、その辺に気を配ったものと思われる。しかし、基本原則にも例外があり、町奉行直々の命令となれば、武士・神官・僧侶でもかまうことなく捕らえることができる。

「それで、どうするんだ？」

菊之助は秀蔵のぼやきを聞き流してから訊ねた。

「おれはまだ霊岸島の一件の後始末がある。二、三日うちに終わるだろうから、それから調べに入るが、喧嘩騒ぎを起こした二人組を捜すつもりだ。そこで、菊の字に手を貸してほしい」

　秀蔵は涼しげな視線を、菊之助によこしてきた。

「その二人組を追えというのか？」

「そうじゃねえ。次郎に中村又右衛門の行方を追うようにいってあるが、相手は隠居といってもまだ五十の坂に入ったばかりだ。剣術の腕もそれなりにあるだろう。万が一ってこともあるから、次郎と組んであたってもらいたい」

「人の都合も聞かず、図々《ずうずう》しいとはおまえのことだ」

　そういう菊之助だが、内心、これでよかったと思っていた。

「いつものことだが、助してくれねえか」

「おまえの目は、何がなんでもやらせるといっている。忌々《いまいま》しいが仕方ない。その代わり、見返りは遠慮しないぞ」

「ふん、おれがいつケチな真似をした」

　菊之助はそれには答えず、黙って酒を飲んだ。

　同心の収入の平均は、三十俵二人扶持《ににんぶち》である。だが、町奉行所にはかなりの付け届けがあり、その分配も受けるし、各町内の商家などからは世話になった、あるいは世話になるという個人的な付け届けもある。さらには諸国の大名から陰扶持を受けることもある。同心によっては、年二百余両を懐にするものさえいる。八丁堀《はっちょうぼり》同心が個人的に小者や岡っ引きを抱えられるのも、そういった余禄に与《あずか》れるからだった。

「ともかく、明日からでも次郎と組んでくれ」

「まったく勝手なやつだ」

秀蔵はふふっと、苦笑いを返しただけだった。

二

秀蔵らと別れた菊之助は、又右衛門を訪ねるべきかどうか思案した。大事な話があるといった手前、訪ねないわけにはいかないが、これから自分は池田と姓を偽っているはずの又右衛門のことを調べることになる。

直截《ちょくせつ》に話すべきか、あるいは様子を見ておいたほうがよいか……。

又右衛門は自分の身は潔白だと、娘に話している。しかし、秀蔵は殺しの容疑者として見ている。見つけたらその身柄を拘束しろと、暗に命じてもいるのだ。

本来なら、さっき秀蔵に会ったときに、又右衛門のことを話すべきだった。そうしなかったのは、又右衛門と娘の話を立ち聞きしていたからである。また、又右衛門に対するなんともいえぬ情にほだされていることもあった。自宅近くまで来て迷っていた菊之助だが、やはり又右衛門を訪ねようと、きびすを返した。

又右衛門の家には明かりがあった。

菊之助は閉まっている腰高障子越しに声をかけた。

「入れ」

という権柄尽《けんぺいず》くとも取れる声が返ってきた。

「大事な話とはなんだ？　先ほどそんなことを申したな」

三和土に入ると、又右衛門がにらむように見てきた。菊之助は警戒されないように、口許に笑みを浮かべた。

「その大事なというのはちょっと大袈裟《おおげさ》なんですけど、今日大家の源助さんと茶飲み話をしましてね」

「それがどうした？」

又右衛門は不機嫌そうな顔で、茶を飲む。

「池田さんは、その、小姓組にいらしたのではないかと、そんな話が出たんです。請人が小姓組のお殿様ということでしたから、そうすると池田さんも小姓組から隠居されたのだろうと……」

「わしの過去などどうでもよいことだ」

「こんなことをお訊ねするのは失礼かと思いますが、池田さんはわたしに、元は武士だろうと、そんなことをおっしゃいましたね」

「……」

「鋭い慧眼《けいがん》をお持ちの方だと、感心いたしました。池田さんに比べれば、わたしなど足許にも及びませんが、これでも武士身分を捨てているわけではありません。ときに必要とあらば、大小を差したりもします。もっともそんなことは滅多にはありませんが……」

「何をいいたいのだ？」

「はい、同じ武士としてお近づきになりたいと、そう思っているだけです」

「ふん。それが大事な話か……」

鼻でせせら笑うようにいった又右衛門は、かさついた頬を撫でてから煙管に火をつけた。

「娘さんがいらっしゃるのに、どうしてまたこんな貧乏長屋に住まわれるのです？」

「……それは人の勝手であろう」

又右衛門は紫煙を吹かした。

「ずいぶんきれいな娘さんだったので、気になっただけです」

他のところを見ていた又右衛門が、じろりと菊之助に視線を戻した。

「わしがここに住むのと、娘とはなんの関係もない」

「まあ、そうでしょうが、娘さんは奥様とごいっしょなのでしょうか、それとも嫁いでおられるとか……」

「荒金殿、妙なことを訊ねてばかりいるが、いったい何なのだ？　わしが何をしていようが、家族がどうしていようが、そなたになんの関わりがある」

「同じ長屋住まいです。それにわたしは池田さんの刀を研がせてもいただきました。これも何かのご縁です。それに他の長屋の連中たちとも仲良くやっていただければよいと、そう思っているだけです」

「わしは愛想の悪い男だからな。さては、評判を悪くしているか……」

「そういうわけではありません」

「人というのは交わる人間が多ければ多いほど、それだけ面倒事も増える。わしが早々に隠居したのも、人と接するのが煩わしくなったからだ。そなたにもわかるだろう」

「はい、それは……」

「人と親しくなるというのはよいことだろう。だが、それも度を過ぎると、相手のよい面も見えるが、悪い面も見えてくる。好みや考え方も違っていたということに気づきもする。

そうなると仲がこじれ、相手のことがいやになる。だったら端から、相手のことをそっとしておくべきだ。また、己も無用に相手に近づかぬことだ」

又右衛門は煙管を灰吹きに、コンと、打ちつけた。

「おっしゃることはよくわかります」

「だったら、そっとしておいてくれ」

「……さようですか。相わかりました」

「無愛想だと思うだろうが、わしはそういう人間なのだ。もしよければ、他の長屋のものにもそう話しておいてくれ」

「承知しました」

「すまぬな」

又右衛門は慎み深い目で菊之助を見つめた。

「夜分に申しわけありませんでした」

菊之助が辞去しようとすると、又右衛門が呼び止めた。

「さっき、町方が来ていたが、何かあったのか？」

そう聞く又右衛門の目は、明らかに警戒していた。

「単なる見廻りだったようです」

そういってやると、又右衛門は安心したように、短い吐息をついた。

「そうであったか……」

「それじゃ失礼いたします」

と、いって去りかけた菊之助だったが、すぐに又右衛門を振り返った。

「池田さん、何か悩み事でもおありですか?」

「なぜ、そんなことを……?」

「もしや、そんなことがあるのではないかと勝手に思っただけです」

「そんな顔をしているからだろう」

「お役に立つことがあれば、遠慮なく声をかけてください。それでは……」

菊之助は表に出ると、腰高障子をそっと閉めて、夜空をあおいだ。

三

翌朝、菊之助は次郎を連れて、研ぎ上がった包丁を贔屓《ひいき》の店に届けた。そのままつぎの注文を受けたが、包丁はあらためて取りに来るといって、渋谷広尾町に足を向けた。

一口に渋谷広尾町といっても、いくつかの飛び地がある。問題の事件の起きた渋谷広尾町は、渋谷川を渡って西に進む大山道沿いにある町屋であった。現代でいえば、JR山手線恵比寿《えびす》駅の近くである。

もうここは江戸の郊外であり、ちょっと町屋を外れると、田畑が広がっている百姓地だ。

事件の起きた「よし」という居酒屋は、町屋に入って二町ほど行ったところにあった。

当然店は閉まっている。右隣が小間物屋で左が履物屋だった。

「雇われている女中がいたな」

菊之助は店の前に立って、次郎を見た。何やらさっきから楽しそうな顔をしている。

「へえ、すぐ近くに住んでおります」

「案内してくれ。話を聞きたい」

次郎は町屋の裏手へ進み、細い野路《のじ》を辿《たど》った。まわりは乾いた田圃《たんぼ》と畑である。人の姿はあまり見ない。しばらく行くと、森肥後守《もりひごのかみ》下屋敷（播磨赤穂《はりまあこう》藩）があった。

「よし」で店の手伝いをしていたおさちの家は、肥後守下屋敷のそばにあった。店から二町もないという近さだ。

藁葺《わらぶ》きのおさちの家は、高さ四尺ほどの板塀を屋敷にめぐらしてあった。どちらかというと富農家のようだ。庭には鶏が放し飼いになっており、餌を探しているのか地面をつついて歩きまわっていた。

開け放たれた戸口の奥に見える土間は暗いが、台所と思われるところで、ひとりの女が腰を上げた。

「あれがおさちですよ」

次郎が顔をにやつかせて教えてくれる。

「昨日の方ですね」

おさちは戸口まで出てきて、次郎から菊之助に視線を移した。心なしか表情が硬い。

「昨日の今日で申し訳ないが、よしの一件を教えてほしいんだ」

菊之助がいうのに、

「それだったら、昨日この方に話してありますけど……」

おさちは次郎を見る。

「もう一度話してくれないか？　あんたを使っていた女将が殺されているのだから、念入りな調べをしなけりゃならないんだ」

「町方の旦那さんにも話してありますが、いったい何度同じことを調べられるんです」

「面倒だろうが頼む」

おさちは肩を動かして吐息をついた。それから茶を淹《い》れるので、縁側で待っていてくれという。菊之助と次郎は縁側に腰をおろした。近くを鶏が歩きまわり、こっこっこ、と小さく鳴く。

しばらくして、おさちが茶を持ってきた。縁側にきちんと正座して、

「それで、どんなことを……？」

と、目をしばたたいた。

年の頃は十七、八と思えた。百姓の娘にしては色白で、肉置《ししお》きもよい。表情は硬いが、人なつこい愛嬌のある顔をしている。

「まずは問題のあった夜のことを教えてほしい」

菊之助は茶に口をつけてからいった。

「それじゃ、同じ話になると思いますけれど……」

おさちはそういって、事件当夜のことを話しはじめた。


おさちが店に出たのは日が暮れかかった時分だった。いつものようにおよしの仕込みの手伝いをして、客間と土間の掃除をして店を開けた。

日が暮れると、なじみの客がぽつぽつと入ってきて、にわかに店は忙しくなった。客に出す料理はおよしが作り、おさちは酒の燗《かん》をつけてお運びをするのがもっぱらだった。

喧嘩沙汰を起こした浪人ふうの男がやってきたのは、六つ半（午後七時）ごろだった。

おさちが酒や料理を運んでゆけば、なかなか可愛い愛嬌のある顔をしている、おまえも一杯やらないかと軽口をたたきもした。それに二人は、他の客同様に楽しげな声を上げて笑い、和やかに飲んでいた。

それから半刻《はんとき》（一時間）ほどしてから、中村又右衛門という近くに住む侍が入ってきた。これを迎えたのもおさちだった。

「まずは酒だ。それから肴は適当でいい。おまえさんにまかせる」

中村は機嫌の悪そうな顔でいったが、

「お客さんは、近くに住んでおられる方ですよね」

と、おさちは他の客に接するときと同じ笑顔を作っていった。

「ほう、わしのことを知っておるか」

中村は感心したような顔を向けてきた。

「ときどき野良《のら》仕事をやっておられるのを見たことがあります。それにきれいな娘さんがいらっしゃいます。とても美しい方ですね」

「美しいかどうか、それはわからぬが、それより酒を早く」

中村は娘のことを褒められたのが嬉しかったのか、少し照れ笑いをした。

その後、おさちは酒を運んで酌をしてやったが、中村は何か考え事があるらしく、

「あとは手酌でやるので、かまわずともよい」

そういっておさちを軽く突き放した。

おさちは別段気にすることもなく仕事をつづけ、ときに手が空けば、他の客の酌をしてまわった。およしも板場仕事が落ち着くと、客席に出てきて、客の相手をし、中村とも何か話していたようだが、それも長くはなかったし、おさちは空いた器を下げたり、酒を運ぶのに忙しかった。

ただ、酩酊《めいてい》したらしい中村がときどき舟を漕いでは、頭を振って目を覚まし、また盃を口に運んだりしていたのを覚えている。

「ふざけたことをぬかすな！」

いきなり怒声がしたのは、中村が入ってきて半刻ほどしたときだった。それは浪人ふうの二人組だった。

「おまえは何かというと愚痴ばかりではないか、人の陰口をいうのがそんなに楽しいか」

顔を紅潮させていうのは無精髭を生やしたほうだった。

「説教じみたことをてめえがいうから、酒がまずくなるんだ」

反撥《はんぱつ》する男は小太りの赤ら顔だった。

「なにが酒がまずいだ。知ったふうな口ばかり利きやがって、前から一度いってやろうと思っていたが、おまえは人を見下しすぎだ。そのわりにはやることは中途半端ばかりで、おれはおまえの尻ぬぐいで大変なんだ。そんなことにも気づかずに、手前勝手《てめえかって》にもほどがある」

「なんだと！　手前勝手はどっちだ、この唐変木《とうへんぼく》が！」

「唐変木。よくもそんなことをいったな。よし、勝負だ。表に出ろ」

「おう、やるならやってやる」

二人は脇に置いていた刀を同時につかんで立ち上がろうとした。それを止めたのが中村又右衛門だった。

「おい、いい加減にせぬか。せっかくの酒の席でいがみ合うやつがあるか。静かにしろ」

そういう中村だが、呂律《ろれつ》があやしかった。

「うるせえ！　横から口出しするんじゃねえ」

小太りがすさまじい剣幕で怒鳴った。中村はむっと顔をしかめたが、およしが間に入って、二人を諌《いさ》めはじめた。

「楽しい酒の席ではございませんか。どうか気をお鎮めになってください。他のお客さんの手前もあります」

「なんだ迷惑だというか？」

無精髭のほうだった。

「そういうわけではありませんが、どうか落ち着いてくださいまし」

およしが必死の仲裁に入っている間に、他の客は巻き添えを恐れるように、おさちに勘定を頼みつぎつぎと出ていった。その間にもおよしと二人の浪人は、些細ないい合いをしていたが、おさちは帰る客の対応に忙《いそが》しく追われていた。

「くそ、面白くねえ店だ!」

小太りはそう吠えるなり、盃を壁に投げつけた。

おさちがはっとなってそっちを見ると、浪人二人がおよしとにらみ合う恰好で立っていた。おさちはおよしが斬られるのではないかと、身をすくませた。

「もう店には来なくていいだと……二度と敷居をまたぐななどと……」

小太りが牙を剝《む》くような顔をした。

「こんな騒ぎはごめんです。いくらお侍とはいえ、今後この店への出入りはお断りいたします。今夜の勘定もいりませんので、どうかお引き取りください」

およしがきっぱりいうと、

「おお、引き取ってやるさ。だが、あとで泣き面かくんじゃねえぜ」

「どうぞ、お引き取りを」

およしは腰に両手を当て、毅然《きぜん》といい放った。

「くそまずい酒を飲ませやがって、しけた店だからと我慢していたが、こんな店いずれつぶしてやる」

今度は無精髭が怒りの声を上げた。

「つぶせるものならつぶしてもらおうじゃないのさ。なにさ、貧乏侍のくせして、馬鹿にするんじゃないよ」

およしも負けていなかった。

「貧乏侍といったな。おれたちを愚弄したな。生かしてはおかぬぞ！」

「とっとと帰っておくれ！」

およしがきっとした目でにらむと、二人は相手が女だからさすがに手が出せないと思ったらしく、見ておれと、捨て科白を残して出ていった。

それで騒ぎは収まったのだが、残っていたひとりの客も興醒《きょうざ》めしたのか、勘定をして間もなく帰っていった。ただ、さっきの二人の隣で飲んでいた中村が舟を漕いでいるだけだった。

表に塩をまいたおよしは、もう店を閉めるといって、おさちに片づけをさせた。いわれるままおさちは動いたが、横になって鼾《いびき》をかいて眠りこけている中村に困った。

「女将さん、この人どうやっても起きないんですけど……」

何度も揺り起こそうとしたが、中村は目を覚まそうとしなかった。

「ただの酔っぱらいなんだから、放っておきゃいいさ。そのうち起きるよ」

およしがそういうので、おさちは店の片づけをすまして、いつもより早く家に帰った。

だが翌日、店に出ておよしが血を流して死んでいるのを見て、腰を抜かしたのだった。

四

「ふむ、そのときどうやって死んでいた？」

菊之助は大まかな話を聞いたあとで、口を挟んだ。

「店に出ると、いつもと違って店は閉まったままだし、女将さんの姿もありません。声をかけても返事がないので、おかしいなと思い、女将さんが寝起きしている奥の部屋に行くと、布団の脇で、胸を……この辺を刺されて死んでいたんです。布団も畳もべっとり血を吸っておりまして……」

おさちはそのときのことを思い出したのか、ぶるっと身震いした。

「なんで刺されていたとわかった？」

「……血のついた包丁がそばに転がっておりました」

「それは店のものだっただろうか、それとも下手人が持ってきたのだろうか？」

「店のでした」

「ふむ、そうか……」

菊之助は庭を歩きまわっている鶏を眺めた。

「おまえさんが店に出たのは、夕暮れだったのだな」

「はい、日が落ちかかるころです」

「店に行ったときは、女将のおよしはすでに息絶えていたというわけだ」

「………」

「で、金を盗まれていたらしいな」

「ええ、帳場の手文庫が開けられておりましたから……」

「十両だったと聞いているが、なぜそうだとわかった？」

「本当はもっと多かったか少なかったか、それはわかりませんが、女将さんはいつも十両を入れておられました」

おさちは猫のような目を瞠って答えた。

「……そうか。女将と口論したのは、初めてやってきた浪人だったのだな。そのとき、生かしてはおかぬと、ひとりがいったのだな」

「ええ、食いつきそうな怖い顔でそういいました。無精髭を生やした浪人のほうです」

「その浪人の名は？」

おさちは首を横に振った。

「それじゃ、二人の浪人は近くに住んでいるわけでもなく、近所で見かける顔でもないと、そういうわけか」

「初めて見る顔でした」

菊之助は茶に口をつけた。そのとき、ふと次郎の顔に気づいた。嬉しそうに口許をほころばせ、見惚《みほ》れたようにおさちを眺めている。

菊之助は小さく咳払いをしてつづけた。

「おさち、店を見せてもらえないか？」

「もう何もかも片づいておりますよ」

「いや、かまわぬ」

もう一度「よし」に戻った。

おさちは勝手口から店に入った。戸締まりはしてあるが、戸はするりと開き、暗い土間に外光が細長く射して店内がにわかにその様子を現した。おさちが気を利かせて、雨戸を開け、店のなかがもっと見えるようにした。

入ってすぐ右に縁側、そして六畳と三畳の部屋があった。女将のおよしは、その六畳間で寝起きしていたらしい。殺されたのもそこである。

土間を挟んで左側に台所と壺や甕《かめ》の置かれた物置、棚には銚子《ちょうし》や皿や椀が並んでいた。

およしが殺された部屋と包丁のある台所は、すぐそばだ。

「二人の浪人はともかく、女将が揉《も》め事を起こしていたようなことはないか？」

「揉め事ですか……」

おさちは目を彷徨《さまよ》わせる。

「客とか、近所のものとか……あるいは親戚とか……」

「さあ、そんなことはなかったと思います。女将さんはさばけた方で、人当たりもよかったし……」

「恨まれるようなことはなかったのだな」

「はい」

今度は菊之助が視線を彷徨わせた。

「亭主が亡くなったのはいつだ？」

「一年ほど前です」

「亭主を恨んでいるものがいたりはしなかっただろうか……」

「さあ、そんなことは……」

おさちは首をかしげるばかりである。

「中村又右衛門という侍のことだが、いつ店を出て行ったか、それはわからないのだな」

「片づけが終わると、女将さんが帰っていいといわれましたから……」

「そのとき中村は酔いつぶれていたのだな」

「はい、客間で鼾をかいておられました」

「……そうか、何か思い出すようなことがあったら、また来ると思うから、そのとき教えてくれ」

「わかりました」

「それで中村又右衛門の家はわかるか？」

「それならおいらが知ってます」

次郎が応じた。

おさちと「よし」の前で別れた菊之助は、次郎の案内で中村又右衛門の家に向かった。

往還《おうかん》を渡り、脇道に入って北の方角へ向かう。周囲は畑ばかりで、先のほうにこんもりした雑木林の丘があった。

「例の二人組の浪人だが、なぜこんなところにいたのだろうな?」

菊之助は歩きながら疑問をつぶやく。

「さあ、どうしてでしょう。仕事にあぶれた浪人でしょうから、あちこち歩きまわってるんでしょう」

「そうなると、見つけるのは難しいな」

「……そうですね」

答える次郎はちらりと後ろを振り返った。

菊之助はしばらく行ってから、

「おさちを気に入ったか……」

そういってやると、次郎が「ヘッ？」と驚いたように目を見開いた。

「あの娘はおまえの好みではないか……」

「冷やかさないでくださいよ」

「ほら、赤くなっている」

次郎は狼狽《うろた》えたように視線をそらし、そんなことないですよという。

菊之助は微苦笑した。次郎も二十一になっている。腰の据わらない暮らしをしているが、好きな女ができてもおかしくない年ごろだ。

中村又右衛門の家は小高い丘の麓《ふもと》にあった。近くを小川が流れており、南東に面した日当たりのよい場所だ。

藁葺きの瀟洒《しょうしゃ》な家には、編み込んだ篠竹《しのだけ》の垣根をめぐらしてあった。

庭の隅に小さな菜園があり、縁側には目笊《めざる》に小魚を並べて干してあった。次郎が玄関に行って声をかけると、四十半ばと思われる品のよい女が現れた。

又右衛門の妻だった。

「これはまた昨日の……」

女はそういって次郎から菊之助に視線を移した。

清らかな鶯の声に混じって悲鳴がしたのは、そのときだった。

「やめてください！」

突然の声に、菊之助は表を振り返った。

五

「お願いです。やめてください！」

もう一度、声がした。

「春枝《はるえ》……」

そういった又右衛門の妻が、キッと表情を厳しくした。菊之助はその緊迫した顔を見ただけで、表に駆け出した。次郎があとからついてくる。

家からすぐそばの畦道《あぜみち》で、二人の男が刀を抜いて向かい合っていた。ひとりの男の背後に若い女。菊之助は片眉を動かして、又右衛門の娘だと気づいた。

「春枝さん……」

次郎が横に並んでつぶやき、言葉を足した。

「中村又右衛門の一人娘ですよ」

菊之助はそれには答えず、前に進み出た。刀を抜いて向かい合っているのは、羽織袴《はかま》姿の身なりのいい若い侍で、もうひとりは着流しの浪人だった。

春枝はその浪人の背後で狼狽えている。

「かかってくれば斬るぞ」

浪人がいう。

「やめてください。斬り合いなど滅相もございません」

春枝が止めようとするが、浪人は聞かない。

「先に抜いたのはこやつだ。それにそなたを手込めにしようとしていたではないか」

「そんなことはしておらぬ。その人はわたしの許嫁《いいなずけ》なのだ。邪魔立ては許さぬッ」

若い侍は青眼に身構えたまま、強い口調でいった。

「許嫁……」

次郎がつぶやきを漏らした。

「わたしは許嫁などではありません」

春枝が声を張って否定すれば、

「それみろ。おまえは昼日中にこの娘に乱暴をしようとしていたのだ。うつけたことをぬかしやがって……」

と、浪人がじりっと若い侍との間合いを詰める。

「違う。何もわからずに余計な口出しは無用だ。わたしは話をしていただけだ」

「ふん、嫌がる娘に抱きついて、何が話だ。怪我をしたくなければ立ち去れ」

「な、なにを……」

若い侍は額に汗を光らせ、目を険しくした。

「どけ、どかぬと、本当に斬るぞ」

「やれるものならやってみるがよい」

浪人には余裕がある。

「無礼者がッ！」

若い侍が地を蹴って、前に飛んだ。

菊之助は、はっと息を呑んだが、つぎの瞬間には止めに入るために駆けていた。しかし、若い侍の撃ち込んだ剣は、あっさり払われていた。

若い侍は地に片手片膝をついていた。その顔が悔しそうにゆがむ。

「やめないか」

菊之助が二人を分けるようにして間に入った。

「何があったのか知らぬが、二人とも刀を引け」

「なんだおまえは？」

浪人が刀の切っ先を右下方に向けたまま、くぼんだ大きな目を異様に光らせた。

「町方の手先だ。喧嘩沙汰を見過ごすことはできぬ」

菊之助は武士言葉になっていう。

「ふん、すると御用聞きか」

「ともかくもう勝負はついた。刀を引くんだ」

もう一度いってやると、若い侍は悔しそうに唇をねじ曲げ、ゆっくり立ち上がった。

先に刀を納めたのは浪人のほうだった。若い侍もしぶしぶといった体《てい》で納刀《のうとう》した。春枝がほっと安堵の表情を浮かべた。

「わたしは荒金と申すものだ。用があってこの娘さんの家を訪ねている。あとの始末はわたしのほうでやるから、まかせてくれぬか」

「ほう、御用聞きもずいぶん偉そうな口をたたきやがる」

「別に偉ぶっているつもりはない。ともかくここはわたしに免じて、お引き取り願いたい」

「無腰《むごし》の御用聞きにそんなことをいわれちゃ、仕方あるまい。……いいだろ。それじゃ、おれは去《い》ぬことにする」

くるりと浪人は背を向けたが、転瞬、体をひるがえして刀を鞘走らせた。菊之助はとっさに間合いを外したが、若い侍は棒立ちのままだった。

浪人は菊之助と若侍をにらむように見ると、乾いた大きな笑い声を空に響かせた。

「おい、腰抜けの若造、貴様は修業が足らぬようだが、こっちの御用聞きには少なからず武芸の心得があるようだ。今度からは相手を見て刀を抜くことだ」

浪人はそう吐き捨てると、そのまま去っていった。

菊之助は春枝と若い侍を見た。近くに又右衛門の妻が立っていた。

「いったいどういうことです？」

菊之助は春枝にいって、若い侍を見た。

「たいしたことではありません。幸之助《こうのすけ》さんがわかってくださらないだけです」

「幸之助……」

菊之助が声を漏らすと、

「倉内《くらうち》幸之助と申します。お見苦しいところを見せてしまいました」

若い侍がそう応じるのに、春枝が言葉を添えた。

「幸之助さん、ともかくわたしにはその気がないことだけはおわかりください」

「春枝さん……」

倉内幸之助はすがるような目を春枝に向けた。

「なんと申されようと、わたしの気持ちは変わりません」

幸之助は唇を嚙んで、肩を落とした。

「そうですか。……しかし、わたしはあきらめない。また出直すことにいたしましょう」

幸之助は悲嘆に暮れた顔を、菊之助らに向けると、軽く辞儀をして歩き去っていった。

「荒金様とおっしゃいましたね」

声をかけてきたのは、又右衛門の妻だった。

「おそらく夫のことをお訊ねにやってこられたのだと思いますが、こんなところで立ち話もできないでしょう。どうぞ家のほうへ……」

六

中村又右衛門の妻・時枝《ときえ》は、楚々《そそ》とした身なりで品があり、落ち着いたものいいをした。春枝も武家の娘らしい物腰で大様《おおよう》な言葉遣いをするし、明るい日射しのもとであらためて見ると、その器量のよさには目を瞠る。

菊之助はこれほどまでに目鼻立ちの整った女を見たことがなかったし、すらりとした容姿も非の打ち所がなかった。黒い瞳は湖のように澄み、筋の通った鼻も口も美人画を見ているようであり、まともに目を合わせれば、思わず気後《きおく》れを感じて、目を伏せたくなる。ただし、肌がわずかに日に焼けていた。しかし、それもまた春枝の魅力に拍車をかけているように思えた。

「すると、一方的にいい寄られているだけということですか？」

春枝の話を聞いて、菊之助は出された茶に口をつけた。琉球畳の敷かれた客座敷に、菊之助と次郎は座り、春枝と時枝を前にしているのだった。

「何度もお断り申し上げているのですが、幸之助さんはあきらめてくださらないのです」

「それで揉み合いにでもなったんでしょうか。さっきの浪人は、そんなことを申していましたが……」

「幸之助さんに帰ってくださいとお願いすると、強く手をつかまれまして、わたしが振りほどこうとしているときに、さっきのお侍が見えて、幸之助さんを責められたのです。そのことで、口論になってしまい、お互い刀を抜きあって……どうなるかとも思いましたが、荒金様が中に入ってくださって助かりました」

春枝は重ねた両手をついて、小さく礼をした。

「礼などいりませんが、驚いたのはこっちのほうです。しかし、何事もなくてよかった」

「それでお伺いの件は、やはり夫のことで……」

訊ねるのは時枝である。

「すでに何度か町方の同心に話されていると思いますが、もう一度伺わせてください」

菊之助が請うのに、時枝は春枝と短く目を見交わしてから答えた。

「どこから話せばよいでしょう？　おっしゃるとおり、以前にも御番所のお役人には、包み隠さず話をしてあるのですが……」

「ご亭主はよしに行かれたとき、すでに酔っておられたと聞いておりますが、どこで飲んでおられたかご存じですか？」

「あの日は、青山にお住まいの小姓組の組頭・古沢儀兵衛様のお招きに与り、朋輩だった今井様と御酒《ごしゅ》を過ごされていたようです」

「古沢……」

「夫は小姓組を隠居した身で、古沢様も今井様も御同輩の方です」

「それじゃ古沢さんの屋敷で酒を飲んでの帰りだったというわけですね」

「夫はさように申しておりました」

「それじゃ、よしから帰ってこられたのは、何刻ごろでした？」

「四つ半（午後十一時）過ぎだったと思いますが、ずいぶんお酔いになっておられました。飲み屋で居眠りをしたといって、そのまま寝間に引き取るなり、大きな鼾《いびき》をかかれまして……」

「当然、着替えはされたんでしょうね」

菊之助は時枝の目をまっすぐに見て聞く。

夫婦で口裏を合わせていれば、表情に何らかの変化があるはずだが、時枝の顔からそれを読み取ることはできなかった。

「もちろん着替えはいたしました」

「着衣に返り血などありませんでしたか？」

「いいえ、そんなものはございませんでした」

時枝は首を振って、きっぱりした口調で答えた。

「翌朝は普段のように……」

「昨夜は少々度を過ぎたと申しましただけで、いつもどおり裏の畑に向かわれました。殺しがあったという知らせがあり、お役人が見えられたのは明くる日のことです」

「店で喧嘩騒ぎがあり、ご亭主は一度仲裁に入っておられますが、そのことは何かいっておられませんでしたか？」

「いいえ、あの晩は飲み過ぎてしまい、よく覚えていない、気づいたときには客間で横になっており、女将に詫びてそのまま帰ってきたと申しておりました」

「女将と話をされたのですね」

「居眠りをして、起きたときには誰もいなかったので、詫びたといっておりました」

「それで、ご亭主は旅に出られているようですが、行き先はどちらでしょうか？」

時枝はこのとき、少し視線をそらし、春枝を見てから顔を戻した。菊之助は嘘のつけない女だと思った。

「行き先は聞いておりません。永年勤めた労を癒してくるといっただけでございますから……」

「西とか東とか……？」

時枝はわからないと首を振る。

「いつ帰ってこられます？」

「それも定かではございません。いずれ沙汰がまいると思いますが……」

「ずいぶん悠長ですね」

「我が儘《まま》な方ですから……」

時枝は目を伏せて、急須《きゅうす》を手にした。

「いや、もう茶は結構です。お手間を取らせました。また、何かわかったら訪ねてくると思いますが、今日のところは失礼いたします」

腰を上げようとすると、時枝が「あの」と呼び止めた。春枝も警戒するような目を向けてくる。

「やはり、夫のことを疑っておられるのでしょうか？」

時枝は菊之助の真意をはかるような目を向けてきた。

「……いえ、そういうわけではありません。あくまでも下手人の手掛かりを探しているだけです」

時枝の能面顔に、わずかな安堵の色が浮かんだが、それもほんの束の間に過ぎなかった。

七

中村又右衛門の家を出た菊之助は、しばらく黙って歩いた。いずれ源助店に越してきた又右衛門と、容疑者のひとりとなっている中村又右衛門が同一人物だというのは、次郎にも知れる。早いうちにそのことを告げなければならないが……。

菊之助はそこまで考えて、はたと足を止めた。

遠くの空に浮かぶ雲を眺める。

「どうしたんです？」

次郎が振り返っていう。

「聞き漏らしていることがある」

「なんです？」

「おさちは、殺しのあった晩に残っている客がいるといったな。中村又右衛門ではない、もうひとりの客だ」

「……たしかに」

「その客は、二人組の浪人が帰ったあとまでいたと、おさちはそういったな」

「そうでした。いや、うっかりしてました」

「もう一度おさちに会おう」

菊之助のその一言で、次郎の目に喜色が浮かんだ。

「おいらもあの女には聞きたいことがあったんです」

「なんだ?」

「あ、いえ、それはあとで……」

次郎はもごもごと言葉を濁した。

おさちの家に戻ると、その本人がちょうど戸口から出てくるところだった。最前会ったときは、地味な着物だったが、今は路考茶《ろこうちゃ》の振袖に手綱《たづな》染めと思われる斜め模様の帯を締めていた。中着は緋鹿《ひが》の子《こ》である。

「まだ、何かお訊ねで……?」

先に声をかけてきたおさちは、髷に挿《さ》した簪《かんざし》をちょっといじった。化粧を整え、髷も結い直したようだ。

「ずいぶんめかし込んでいるな」

菊之助がいうと、おさちは照れたように笑った。

「これから日本橋まで出かけるんです」

「日本橋へ……買い物にでも行くのか？」

「以前わたしは日本橋の薬種屋さんにご奉公しておりまして、そのときのお友達に会いに行くんです」

「どこの薬種屋だい？」

口を挟んだのは次郎だ。

「通《とおり》三丁目の高松屋《たかまつや》でございます」

「へえ、大店《おおだな》じゃないか」

おさちはひょいと肩をすくめ、

「それで何か……？」

と、目を大きくして聞いた。

「その問題のあった晩のことだ。二人の浪人が揉め事を起こしたとき、他の客は帰ったが、残っていたものがいるといったな」

菊之助が聞いた。

「中村様というご隠居のお侍と、大工の源吾《げんご》さんです」

「源吾……」

「ええ、あの日は太子講《たいしこう》でしたから、早い時分から大工たちでにぎわっておりまして、源吾さんが最後まで残っておられたんです」

「太子講といえば、二月二十二日ということか……」

二月二十二日は聖徳太子の命日だ。太子は木匠《こだくみ》の祖と仰がれており、大工連中はこの日仕事を休んで、酒宴を開く風習があった。つまり、およしが殺されたのは、その日か二十三日の夜半、あるいは未明ということになる。

「その源吾の家は近いのだろうか？」

「ええ、渋谷川を渡って少し行ったところに、福昌寺《ふくしょうじ》というお寺があります。その近くですけど、今日は庚申橋《こうしんばし》の近くにある普請場《ふしんば》に行ってるはずです」

菊之助はその普請場を詳しく教えてもらった。おさちは日本橋に行く途中だからと、「よし」の先まで案内してくれた。

「今日は戻ってくるのかい？」

別れ際に次郎が、おさちに声をかけた。

「ええ、帰ってきますよ」

「気をつけてな」

おさちは辞儀をしてそのまま去ったが、次郎は締まりをなくした顔で、その後ろ姿をしばらく見送っていた。

「次郎、まいるぞ」

菊之助が声をかけると、次郎ははっと我に返った顔をした。

源吾が仕事をしている普請場は、「よし」から二町もないところにあった。渋谷川に架かる庚申橋のすぐそばに、新築の家が建てられており、そこが現場だった。

大工の親方に源吾のことを聞くと、材木を片づけていた男がそばに呼ばれた。

「何でしょう？」

源吾は肉づきのよい男で、真っ黒に焼けた顔に汗を光らせていた。菊之助は自分が町方の手先であることを伝えて、本題に入った。

「よしで殺しがあったときのことだが、あの晩、おまえさんは女将のおよしと揉めた浪人が帰って行くまで店にいたそうだな」

「ええ、どうなるかとヒヤヒヤしながら見ておりました」

「そのとき二人の浪人が話していたことや、その浪人の名を聞かなかっただろうか？」

「あっしは離れた席におりましたから話は聞いておりません。いきなり、あの二人が喧嘩しそうになって、びっくりしたんです」

「二人は互いの名を口にして罵《ののし》りあったのではないか……？」

「さあ、名を呼んだかどうか……」

源吾は首をひねって考えたが、聞かなかったような気がするという。

「話の中身や名を聞いてるんだったら、隣で酔いつぶれそうになっていたお侍ですよ。あっしが帰るときも、店に残っていましたからね。あのお侍は、例の二人のすぐそばで飲んでおりましたから……へえ……」

源吾はうす汚れた手拭《てぬぐ》いで額の汗をぬぐった。

菊之助は普請場に目を向けた。腹掛け半纏《ばんてん》に捻《ねじ》り鉢巻きをした大工たちが、玄翁《げんのう》をふるったり、鉋《かんな》をかけていた。どうやら、二人の浪人のことを知っているのは、又右衛門しかいないようだ。

「次郎、もういいだろう。ここは引き上げだ」

菊之助は源吾に礼をいってから次郎をうながした。

「つぎはどこへ？」

しばらく行ってから次郎が訊ねてきた。

「長屋に戻る」

「長屋に……下手人捜しはどうするんです？」

菊之助はいよいよ又右衛門のことを話さなければならないと思った。

「じつはな……」

そう口にしたとき、甲高《かんだか》い男の声がした。

「抜けといったら抜くのだ！　抜かぬかッ！」

緊迫したその声に、優雅な鶯の声が重なった。

菊之助と次郎は足を止めて、その声のするほうに目を向けた。それは周辺の田圃に用水をうながす水車橋《すいしゃばし》に近い河原であった。

向かい合っているのはひとりの浪人と、若い侍であった。余裕の体で立っている浪人に、若い侍がけしかけている。

「あれは……」

次郎が目を瞠ったとき、浪人が刀の反りを打った。

と、その瞬間、若い侍が地を蹴って、大上段に刀を振り上げた。

「あっ」

次郎が声を漏らした。

第三章　御鷹場《おたかば》

一

一方的に戦いを挑んでいたのは、春枝を許嫁だといった倉内幸之助だった。そして、その相手はさっき幸之助を軽くあしらった浪人である。

幸之助は跳躍するなり、刀を大上段から撃ち下ろした。用心して刀の柄に手をやっていた浪人は、自分の間合いを保ったまま身じろぎもしなかった。

幸之助の袴が風をはらんで音を立てた。

撃ち下ろされる刀が、きらり、と陽光を弾いた。

「いかん……」

土手道から見ていた菊之助は、小さく吐き捨てるなり駆け出した。その瞬間、浪人が半身を開いて、太刀を鞘走らせた。同時に幸之助と交叉するように、前に大きく足を踏み出した。抜き払われた刀は、そのまま水平に振り抜かれていた。

どすっ。

鈍い音がした。着地した幸之助は、体の均衡を崩して、そのまま河原に転んだ。

菊之助は斬られたと思った。同時に「やめろ！」と、大きな声を発していた。

ところが幸之助はすっくと立ち上がるではないか。さらに刀を青眼に構えた。浪人は一瞬戸惑ったようだが、すぐに幸之助の帯を斬ったのだと悟った。

「やめろ、やめるんだ！」

菊之助はようやく二人の間に入った。ところが、浪人は近づいてくるなり、いきなり斬りかかってきた。口の端に白いつばをため、くぼんだ目を炯々《けいけい》と血走らせていた。

「邪魔するんじゃねえッ！」

ビュッと、鋭い刃風を立てた刀が、菊之助の肩をかすめた。たまらず、菊之助は後ろに下がったが、小石につまずいて倒れてしまった。

「若造、舐めたことをしてくれる。こうなったからには、おれも本気で貴様を斬ることにする」

「いざ、望むところだ。遠慮なくかかってこい」

幸之助はそういうが、菊之助の目から見れば自殺行為である。

「たあーッ！」

裂帛《れっぱく》の気合を発して、撃ち込んだのは、浪人のほうだった。攻撃しようとしていた幸之助は機先を制され、及び腰になって下がった。だが、浪人の攻撃はやむことがない。下がってかわされたと思うや、腰間から刀をすくい上げた。幸之助はこれにも下がるしかない。さらに、浪人は袈裟懸《けさが》けに刀を振り切った。

攻撃に転ずることのできない幸之助は、へっぴり腰のまま横に逃げる。

「おのれッ」

浪人が喉奥から声をしぼり出して、一呼吸入れた。そのとき、素早く立ち上がった菊之助が、庇《かば》うように幸之助の前に立った。

「やめろ。もういい。無用な斬り合いなどして何になる」

菊之助は浪人をにらみながらいった。背後にいる幸之助は、息をはずませている。

「斬り合いを望んできたのはその若造だ。因縁めいたことをぬかして、先に刀も抜いた。斬り捨てられても文句はないはずだ」

「これは勝負になっておらぬ。それは貴公にもわかっているはずだ」

菊之助は両手を広げた。

「おい、御用聞き。邪魔立てすれば、本気で貴様も斬り捨てるぞ」

浪人は肩を怒らせた。

「どいてください。これはわたしとこの浪人の問題です。仲裁など、いらざることです」

幸之助は菊之助を押し分けようとしたが、菊之助は足を踏ん張ってそうさせなかった。

「馬鹿なことを申すな。無駄に命を捨てるようなものだ」

「いいえ、わたしは大事な人の前で恥をかかされたのです。黙って引き下がっているわけにはまいりません」

「たわけたことをいうんじゃないッ！」

菊之助は怒鳴るなり、幸之助の腕をがっと取り押さえた。

「お放しくだされ」

幸之助はもがいたが、菊之助は刀を持つ手をしっかりつかんで放さなかった。

「ご浪人、もうよいだろう。この男は貴公の相手ではない。それはよくわかっているはずだ。わたしに免じて、勘弁してもらえまいか」

「生意気なことをぬかす。……だが、まあよかろう。おれも無駄に刀を傷つけたくないからな。おい、若造、貴様は二度もこの御用聞きに助けられたのだ。よく礼をいっておくことだ」

「ならぬ！　今ここで勝負をつけるのだ！」

幸之助が叫んだ。

「粋がっても無駄だ。おまえみたいなうつけを相手にしてもはじまらぬ」

「待て、待つのだ」

立ち去ろうとした浪人を幸之助が必死に呼び止めた。浪人は冷ややかな目で、幸之助を振り返った。

「……おまえは馬鹿だ。女に振られたことで、自分を見失っているだけだ。さらばだ」

浪人はそのまま土手を登り、ちらりと次郎を見てから水車橋を渡っていった。

「倉内幸之助といったな。あの浪人のいうとおりだ」

菊之助が幸之助の腕を放してやると、幸之助はその場にがっくり膝をついてうなだれた。

「ちくしょう……」

と、両手で砂をつかんで唇を噛んだ。

菊之助は近寄ってきた次郎と目を合わせて、いささかあきれ顔で首を振った。

「……いい加減あきらめたらどうなんです」

次郎がそういうと、幸之助は今にも泣き出しそうな顔をゆっくり振り上げた。

「春枝さんに惚れているようだが、あの人はその気がないんだよ。潔《いさぎよ》くあきらめるのも男だと思うんですがねえ」

次郎は相手が武士だから敬語を使う。

「おまえに何がわかる」

幸之助はそういって立ち上がった。

「あの人はわたしでなければ、幸せにできないのだ。わたしが幸せにすると決めているのだ」

「向こうはそう思っていないような気がするけど……」

次郎は菊之助を見る。

「他人の恋路を邪魔するつもりはないけど、その気のない相手に血道を上げてもしかたないと思うんだけどな……」

「そんなことはない」

幸之助は強く反駁《はんばく》するが、その顔には気弱な自信のなさが窺われる。色白で華奢《きやしや》な体つきにも、青年の逞《たくま》しさが欠けている。

「わたしは春枝さんといっしょになれなければ、死んでもよいのだ」

「自棄《やけ》をおこすもんじゃない」

菊之助が口を挟んだ。

「自棄などではありませぬ。わたしは真剣にあの人の幸せを考えているのです。それなのに、あんな浪人に愚弄され、恥をかかされて……」

そこで言葉を切った幸之助は、はっと何かを思いついた顔になった。

「このままでは春枝さんに誤解を受けたままになる。武士としての心意気を伝えなければならぬ。そうだ、わたしはあの浪人を倒すと誓わなければならない」

「……」

菊之助は返す言葉を失った。

「荒金さんとおっしゃいましたね」

幸之助が卒然と顔を向けてきた。きらきらと目を輝かせてもいる。

「今度どこかでお会いしても、さっきのことは内聞にお願いいたします。まだ、あの浪人との決着はついていないのです」

「まだ、そんなことを……」

「いいえ、このまま恥をかいたままで生きてはいけませぬ。男としてのけじめは、春枝さんのためにもつけなければなりません。それではこれで失礼します」

さっと、幸之助は辞儀をすると、すたすたと渋谷広尾町のほうに戻っていった。菊之助と次郎は呆然《ぼうぜん》と見送るしかなかった。

「あの男……頭がおかしいんじゃないでしょうか……」

次郎が心底あきれ返ったようにいった。

「女にのぼせるのも考えものだな。次郎、おまえも気をつけるんだ」

「へっ、おいらが……どうしてです？」

「ま、いい」

菊之助は土手を登りはじめた。

二

土手道に出た菊之助と次郎は、そのまま市中をめざした。あたりは土地のものが広尾原と呼ぶ百姓地で、道の脇にはすすきや葦《あし》の藪《やぶ》が繁茂している。藪のなかではよしきりたちがさかんに鳴いていた。

やがて、渋谷川に架かる水車橋を渡り、葦簀《よしず》張《ば》りの水茶屋にさしかかった。

「菊さん、さっき何かいいかけましたね。何です？」

菊之助は日の光を受ける次郎を見た。

「中村又右衛門のことだ」

「何か気づきましたか？」

「おい、御用聞き。荒金」

いいかけた菊之助の言葉を遮る声があった。声のほうを見ると、最前の浪人である。粗末な水茶屋の縁台に腰掛けたまま、菊之助と次郎を見て手招きをした。

「おぬしに話がある」

菊之助は次郎と目を見交わしてから、浪人のもとに行った。

「まあ、かけろ」

浪人は座れるように席を空けた。

「何です？」

菊之助が聞くと、

「おれは豊前《ぶぜん》の国からまいった西川新十郎《にしかわしんじゅうろう》と申す一介の浪人であるが、いずれ江戸にて一旗揚げようと思っておる」

名を名乗った浪人は、そこでエヘンと空咳《からぜき》をして、相談があるといった。

店の老婆が茶を持ってきたので、菊之助はそれに口をつけた。

「相談とは……？」

「じつは盗人《ぬすっと》を捜しているんだ。そやつらはわしの懐中の金を盗んで逃げやがった」

「金を盗まれたと……」

「情けない話だ。祐天寺《ゆうてんじ》門前の飯屋でのことだ」

浪人はそういって話し出した。

西川新十郎は東海道を下り、やっと江戸に入ったが、脇道を辿るうちに道に迷い、荏原《えばら》郡《ごおり》中目黒村にやってきた。ここまで来てやっと土地鑑が戻り安心をした。

仕えていた小笠原大膳大夫《だいぜんだいぶ》について江戸勤めの経験があったし、上屋敷も麻布《あざぶ》だったから目黒界隈には明るかった。

それはともかく疲れた体を癒すために、新十郎は祐天寺門前の飯屋に入って酒を飲みはじめた。ここから先はどうやって市中に向かえばよいかもうわかっているので、ある種の安心感があった。

その店にあとから入ってきた二人の侍がいた。この二人、仕事の途中だといったから役人であるのはわかったが、役目は明かさなかった。

「役目柄いろいろあるのだろう。いや、それがしもそれぐらいのことは心得ておる」

新十郎は相手の役目などどうでもよかったので、酒を飲みながら自己紹介をした。もっとも素行不良で小笠原家を召放《めしはなち》になったことは伏せた。

「それがしは、蛭間清五郎《せいごろう》と申す」

無精髭を生やし、よく日に焼けている男だった。

「それがしは、坂入《さかいり》大三郎と申す」

こちらは赤ら顔で小太りだ。

「まあ、これも何かの縁であろう。遠路からやってこられお疲れであろうから、一献《いっこん》差しあげましょう」

坂入は気前よく新十郎に酒を馳走した。受ける新十郎も快く受けた。差しつ差されつで、おそらく二升は空けたであろうか。新十郎は市中に入ったら、剣術の腕を生かして、いずれは道場を開きたいという夢を語った。坂入も蛭間もずいぶん感心顔をしてうなずいていたが、そのうち新十郎は酒と長旅の疲れが出て、そのまま眠りこけてしまった。


「そこまではよかったのだが……」

途中まで話した新十郎は、苦々しい顔をしてつづけた。

「目が覚めたら懐中の金がなくなっていたのだ。おまけに店の払いもおれがすることになっていた。あやつらのせいだとわかっていたが、酒を過ぎたせいで、頭が割れんばかりに痛く、足許が覚束《おぼつか》なかった。しかたなくその飯屋に半日ほど休んでおった」

「払いはどうしたんです？」

聞くのは次郎である。

「さいわい帯にたくし込んでいた金があったので、払いは間に合ったが、あの二人はおれの持ち金十三両を盗みやがったのだ」

「それは気の毒な。すると相談というのは、その二人を捜してくれということですか？」

菊之助は悔しがる新十郎を見た。

「さすが御用聞き。まさにそのとおりだ。さっき貴公が、御用聞きだというのを、ふと思い出してな。それで頼んでみようと思った次第だ」

「気持ちはわかるが、見てのとおりわたしは町方の手先に過ぎない」

「それはわかっておる。しかし、おぬしはただの手先ではなかろう。おれはそう見た。武芸の心得も少なからずありそうだし、なかなかの面構えだ」

新十郎は探るような目を向けながらつづける。

「ともかく、おれの金を盗んだ二人を捕まえてくれぬか。無論、ただとはいわぬ。……そうだな褒美に一両……いや二両の礼を出すと約束する」

菊之助は次郎と顔を見合わせた。

「どうだ頼まれてくれぬか。あの金がないと困るのだ。手持ちの金はおそらく一月ともたぬだろう。そうなればおれは野垂れ死ぬしかない」

とても野垂れ死にしそうには見えないが、くぼんだ目の上にある太い眉を気弱に下げる。

「まあ気には留めておくが、他に抱えていることがあるので、あまり期待されても困る」

「そう頼りないことをいわずにやってくれぬか」

新十郎は縁台に手をついて頼む。

「十三両は大金だ。盗んだその二人は捕まれば死罪だ」

「殺されてもしかたなかろう。おれの大事な金を盗んでいるのだからな」

菊之助は少し考えて、新十郎に顔を戻した。

「話は聞いておくが、届けを出しておいたがいいだろう」

「届け……どこへだ？」

「盗まれたのが祐天寺であれば、その近くの村役《むらやく》だ。そうすれば村役から御番所に届けが渡り、町方が腰を上げる」

「そうか、ならそうしよう。しかし、貴公にもしかと頼んだからな」

「……承知した」

菊之助はとりあえずそう答えておいた。

「しかし、もしその二人を見つけたとしても、西川殿へはどうやって連絡をつける？」

「それだ。麻布鳥居坂下《とりいさかした》にお熊《くま》という婆さんがやっているおかめ屋という店がある。酒を飲ませるしけた飯屋だ。あの婆さんだったら無理を聞いてくれるから、しばらくその店にいる」

「鳥居坂下のおかめ屋だな」

「そうだ。このとおり、頼んだ」

新十郎は頭を下げた。

三

「それにしても役人が盗みをするとは……」

水茶屋で新十郎と別れてしばらくして、次郎がぼやくようにいった。

「しかも十三両だ。見つかればただではすまされないな。それより、話のつづきだ」

「へえ」

「うちの長屋に越してきた池田又右衛門という隠居侍がいるな」

「いますね」

「何か気づくことはないか……？」

「気づくことって？」

次郎はまばたきをして首をかしげた。

「おまえも鈍いな。もう薄々感づいているだろうと思っていたが……」

「なんです？」

「倉内幸之助が惚れ込んでいる春枝さんの父親の名は何だ？」

「……あっ！」

「やっと気づいたか。池田と名乗っているが、あの人の本名は中村又右衛門のはずだ。それに、春枝さんが一度長屋に来ている」

「ほんとですか……」

「そのとき二人の話を立ち聞きしてしまったのだ。又右衛門さんは、よしでの一件は決して自分の仕業ではないと説いておられた」

「しかし、菊さん、あの又右衛門さんがそうなら、横山の旦那にすぐにでも伝えなきゃなりません」

「待て、それを思案しているんだ」

「どういうことです？」

「又右衛門さんは例の二人組のそばで飲んでいた。つまり、二人組の話を少なからず聞いていたはずだ。かなり酩酊していたようだから、すぐには思い出せないかもしれないが、何かに気づいている気がする」

二人は武家地の間を抜ける南部坂《なんぶざか》を上っていた。菊之助はそのまま麻布を抜け、さっき新十郎がいった鳥居坂下にある、お熊という女主がやっている飯屋をたしかめて長屋に帰ろうと考えていた。

坂の両側の屋敷地から椎や松の枝が張り出しており、歩く道には木漏れ日が射していた。閑静な場所で、のどかな鳥の声が聞けた。

「だから、放っておくっていうんですか？　横山の旦那に大目玉食らいますよ」

「……又右衛門さんは、隠居とはいえ旗本だ。秀蔵もいったように無理な調べはできない。だから、最初に調べをした若い町方も遠慮があったはずだ。しかし、秀蔵はかまわずに引っ張るだろう。不確かな証拠を挙げて牢屋止めにするかもしれない。それはそれでいいが、もし無実だったら、秀蔵はおろか町奉行所の信用が問われかねない」

「でも、それは……」

「又右衛門さんが名を変えて源助店に越してきたのにはわけがあるはずだ。もし、あの人が真の下手人なら、そんなことはしないだろうし、逃げるとすれば市中ではないはずだ。……おれはあの人は何か手掛かりを知っているような気がしてならない」

「それじゃ又右衛門さんに会って話を聞かなきゃ」

「うむ。そのつもりだ。だが、次郎、しばらくこのことは内密にしてくれ。いざという場合は、おれが責任を持つ、おまえは知らなかったことでいい」

「……菊さんがそういうなら、そうしますけど」

次郎は不安顔だ。やはり秀蔵のことが気になっているのだろう。

「それからもうひとつ。さっき西川新十郎が話したことだが、あの男の金を盗んだのは、ひょっとすると例の二人組かもしれない」

「よしで騒ぎを起こした浪人ということですか？」

「うむ。そんな気がする」

「しかし、西川さんは金を盗んだのは役人だったといいましたよ」

「役人でも、身なり次第で浪人に見えることもある」

「……そうですかね」

「ともかく帰ったら又右衛門さんと話をする」

そのまま菊之助は足を速めた。

鳥居坂下には新十郎がいったように、おかめ屋という小さな飯屋があった。その店を確認してから二人は自宅長屋をめざした。

四

使いから言付《ことづ》けを預かった又右衛門が、愛宕下《あたごした》の小田切岩太郎《おだぎりいわたろう》の屋敷を訪ねたのは、その日の昼八つ(午後二時)過ぎだった。

さて、屋敷前に行くと、小田切が門から姿を現した。登城日でないので、楽な着流しに大小というなりだ。

「そろそろ来るのではないかと思っていたのだ」

小田切は又右衛門の顔を見るなりそういった。

「何かわかったのだな」

少し歩こうという小田切に、又右衛門は黙って従った。

小田切は又右衛門が小姓組に在任していたときの朋輩であり、幼馴染みでもあった。互いの気心はわかりすぎるほどわかっていた。それゆえに事情を知った小田切は、又右衛門が名を変えて源助店に間借りするときも、快く請人(保証人)を引き受けていた。

「小田切、焦《じ》らすでない。わかったのなら教えろ」

「おぬしがにらんでいたとおり、例の二人は鳥見役だ」

「やはりそうであったか」

「だが、正式の鳥見役ではない」

「……どういうことだ？」

又右衛門は髪が薄くなり、小さくしか髷の結えない岩太郎の横顔を見た。

「餌撒《えまき》役だ。おおかた百姓にまかせることが多いようだが、ときに郷士や仕事にあぶれた浪人に依託することがあるらしい。役目は鷹の餌になる鳥のために餌を撒くことだ」

「そうであったか。して、あやつらの名は？」

「蛭間清五郎、もうひとりが坂入大三郎だ」

又右衛門は心中で、二人の名を復唱した。

「……雇ったのは、市木政右衛門《いちきまさえもん》という鳥見役だ」

「市木政右衛門……」

「そうだ。市木を訪ねれば坂入と蛭間の住まいはわかるはずだ」

鳥見役は二人の組頭と、その下に三十二人の平の鳥見役がいる。彼らは葛西《かさい》、岩槻《いわつき》、戸田、中野、目黒、品川にある鷹場を分担して見張るのが役目だった。

具体的には将軍の鷹の餌となる、鶴や雁、あるいは鴨といった渡り鳥の飛来状況から、雀などの小さい鳥の生息状況の把握である。

それと同時に、地理・地形の調査をも受け持っている。これはいざ戦になった場合に素早く作戦地図を作成しなければならないからだ。

「市木政右衛門の住まいはどこだ？」

「下駒込《しもこまごめ》に御鷹部屋がある。今日明日は当番でそっちに通っているらしいが、夜には近くの組屋敷に戻るということだ。自宅は大和《やまと》郡山《こおりやま》柳沢《やなぎさわ》美濃守《みののかみ》下屋敷の東にある武家地だ」

「かたじけない。そこまで調べてもらったら、あとはわしひとりでどうにでもなる。世話をかけたな」

「この程度どうということはない。あそこで茶でも飲んで少し休もう」

小田切は愛宕山の登り口にある茶店を指し示した。

薄い雲が空を覆いはじめて、日が翳っていた。

「おぬしがいうように、そやつらの仕業なら許し難い奴輩《やつばら》だ」

茶を運んできた女が下がってから、小田切は口を開いた。

「だが、とんだ見当違いということもある。その辺のことを踏まえてあたらねばな」

「いわれるまでもない。だが、疑いをかけられたまま、黙っているわけにいかぬ。町方がどこまで調べを進めているか知らぬが、自分の手で身の潔白を明かさねば、収まりがつかぬのだ」

「気持ちはわからぬでもないが、わしにできるのはここまでだ」

「世話をかけてしまったな」

「おぬしがこうも早く隠居するとは思わなんだった。それにしても、跡取りはいかがいたすのだ。いずれ、春枝殿に婿を取らせるつもりではあろうが……」

又右衛門は風に揺れている軒暖簾《のきのれん》を眺めた。

娘ひとりしかいない中村家は、小田切がいうように春枝に婿を取らせない限り絶えてしまう。そのことは隠居前から気にしていることであったし、考えもあった。又右衛門はそのことを口にした。

「小田切、それについてだが、信二郎《しんじろう》をくれぬか」

唐突な申し出だったらしく、小田切は飲んでいた茶に咽《む》せた。胸をたたきながら、咳を鎮めようとする。

小田切には二人の倅があり、信二郎は次男であるがために家督相続はできない。部屋住みを余儀なくされ、熱心に講武所に通っている勤勉家だ。

「まさか、そんなことをいい出すとは……」

小田切は短くいって、また咽せた。

「大丈夫か？」

「……ああ、もういい。しかし、信二郎がよくても春枝さんが何というか……。二人は幼い頃からよく知っている仲だ。……まさか、春枝さんからの申し出ではあるまいな」

「春枝は何ともいっておらぬが、時枝は信二郎なら申し分ないといっている」

「まことに……これは思いもよらず、嬉しいことを聞いた。わしも信二郎も春枝さんだったら何も文句はない。いや、是非とも進めてもらいたいものだ」

「おぬしがそういってくれれば、気が楽になる。だが、その前に例の一件を片づけなければならぬ。さあ、ここで茶飲み話もなんだ。わしはまいる」

「まかり間違っても早まったことといたすでないぞ」

「わかっておる。いずれ片がついたら、おぬしにも伝える」

「餌撒役とはいえ、気の荒い浪人かもしれぬ。まして人を殺めているとなれば、なおのことだ。気をつけろ」

又右衛門は強くうなずいた。

小田切と別れた又右衛門は、下駒込に向かった。まだ日は高く、十分な時間があった。

愛宕から赤坂を抜け、お堀沿いの道を辿る。

又右衛門の胸にはいろんなことが錯綜していた。

まずは真の下手人をこの手で突き止めることである。そのことが片づけば、娘・春枝の婚儀を調えたいと考えていた。小田切の次男・信二郎であれば不足はない。

ただ、春枝が何というかわからない。厳しく育ててきたつもりではあるが、そこは一人娘という可愛さもあり、ずいぶん甘やかしたところもある。そのせいか、生まれ持った気性なのかわからぬが、春枝は我が強い。

信二郎をどう思っているか、それもわからない。無理強《じ》いをすれば、春枝がへそを曲げるのは予測するまでもなかった。だが、信二郎が駄目でも、跡取りのことは真剣に考えなければならない。

また、田や畑の作物のことも気にかかっている。人殺しの容疑をかけられたばかりに、手入れを怠っている。妻の時枝は野良仕事を嫌がって何もしないが、思いもよらず春枝は楽しんで土いじりをする。そんな娘の姿を見ると、いとおしくてならない。

又右衛門は、まったくの親馬鹿だと、自嘲の笑みを浮かべたが、すぐにその表情を引き締めた。とにもかくにも、蛭間と坂入に会わなければならない。

二人が下手人であろうが、そうでなかろうが、事の真偽は自分でたしかめる。なぜ、こうまで「よし」の女将殺しに拘《こだわ》るのかといえば、調べにやってきたあの若い町方の目だった。言葉は丁寧であったが、その目は明らかに自分を疑っていた。必ず尻尾《しっぽ》をつかまえて、その首根っこを押さえてやるという意思を、強烈に感じたからであった。

堅物といわれるほど一途に清廉潔白を通し、いささかの粗相もなく忠実に役目を務めてきた又右衛門は、そのとき耐え難いほどの屈辱を覚えたのだった。

あの、若造め……。

心中でつぶやく又右衛門は、聞き込みに来た若い同心の顔を今でも思い出す。

下駒込に着いたころには、日は大きく西に傾きはじめていた。風も心なしか冷たくなっている。鳥見役・市木政右衛門の屋敷は、近くの辻番を訪ねることで苦もなくわかった。

市木家を訪《おと》なうと、応対に出た中間《ちゅうげん》が間もなく帰宅するだろうといって、茶をもてなしてくれた。

鳥見役は八十俵五人扶持の他に、年十八両の名目のない金が支給される。屋敷は決して大きくはないが、庭の手入れはよく行き届いており、家のなかも気持ちよいほど小ぎれいに片づけられていた。

日没の光が雲に照り映えるころに、当主の市木が帰宅してきた。

面識のない男の訪問に、市木は怪訝《けげん》な顔をしたが、又右衛門が用件を簡略に話すと、

「それはまことに由々《ゆゆ》しきことでございますな」

と、同情を示した。

「蛭間、坂入という二人が下手人だと決めつけているわけではありません。ただ、会って

話を聞きたいだけであります。ついては是非とも二人の居所をお教え願いたく、罷《まか》り越した次第でござる」

市木は協力的な男だった。

「あのものらは郷士崩れの浪人でして、わたしが拾って面倒を見ているのですが、そういう事情であれば、会って話を聞かれるべきでしょう」

市木はそういって蛭間と坂入の住まいを教えてくれた。神田相生町《かんだあいおいちょう》にある甚兵衛店《じんべえだな》という長屋であった。

「ただし、餌撒きの時期でありますので、長屋にいるかどうかそれは定かではありません」

「それではどこへ？」

「あのものらには目黒と品川の御鷹場をまかせてあります。毎日、報告がまいるわけではありませんので、さて、今どのあたりをまわっているか、定かなことはわかりかねます」

「目黒と品川でございますね」

「いかにも」

その後、市木は餌撒役について大まかな説明をしてくれた。同じ公儀に仕えていても、他の役職の細かいところまではわからないのが常であるからありがたいことだった。

又右衛門は丁重な礼を述べて、市木家を離れた。すでに日は暮れていたが、念のため蛭間と坂入の長屋を訪ねてみた。しかし、市木がいったように二人は留守であった。

又右衛門は明日から目黒と品川の御鷹場をまわろうと考えた。帰路につきながら、こんなことならわざわざ長屋住まいをすることなどなかったと思ったが、それはそれであると開き直った。

五

「菊さん、まだ帰ってきませんね」

長屋の木戸口で又右衛門の帰りを待っていた次郎は、菊之助の仕事場に顔を出して、そういった。

「今夜は遅いのかもしれぬな。……次郎、おまえは疲れているだろうから、帰って休め。頃合いを見計らっておれが訪ねてみることにする」

「まかせていいですか？」

「話をするだけだ」

「それじゃ、おまかせします」

次郎はそのまま自分の家に帰るふりをして、長屋を出た。

ずっと気になっていることがあった。おさちが通三丁目の薬種問屋・高松屋にまだいるかもしれないということだ。

今日の昼間、おめかしをしたおさちは、高松屋で奉公しているときの友達に会いに行くといった。もう日が暮れたので、いないかもしれないが、それでも次郎は気になっていた。長屋から高松屋まで、さしたる距離はない。往復しても小半刻(三十分)だ。会えればめっけものだと思う次郎は、胸を高鳴らせて通町に足を急がせた。

宵闇に包まれた通りには軒行灯《のきあんどん》や提灯の明かりが浮かんでおり、色めいた二丁町を過ぎるときには優雅な三味《しゃみ》と琴の音が流れてきた。

しかし、今の次郎には通りを歩く華やいだ女や、婀娜《あだ》っぽい女の姿など目に入らなかった。思いはただひたすら、おさちに会いたいということだけである。

これまでもあわい恋心を抱《いだ》いた女は何人かいたが、おさちほど自分を惹《ひ》きつける女には会ったことがなかった。顔の造作もそうであるが、おさちの容姿には惚れ惚れするのだ。着物の裾にのぞく白くほっそりした足、丸くて形のよい尻、それにちらりとのぞいた胸元には、それだけで形のよい乳房があるとわかった。

できればおさちのような女といっしょになりたい。人生で一度巡り会えるかどうかわからない女が、おさちだと、次郎は一心に思っている。まさか一目惚れするとは思わなかったが、この胸の思いはどうすることもできなかった。

ただ、菊之助に教えられたことは、少なからず反省していた。

長屋に越してきた池田又右衛門と中村又右衛門が同一人物だというのは、少し思案をめぐらせれば今日の探索でわかることだった。

さらに、よしの事件があった晩にいた浪人ふうの二人の男と、西川新十郎が追っている二人組が同じではないかということも、気を抜いてさえいなければ、気づいただろう。だが、自分はおさちのことを考えるあまり、うわの空でいた。

「……いけねえな」

声を漏らす次郎は、首を振りながら舌打ちをした。

明日からは気を引き締めてやろうと思う。

江戸橋を小走りになって渡ると、広小路《ひろこうじ》を抜け、通町に出た。日本橋から南へまっすぐ延びる大通りには、大店や老舗《しにせ》が軒を並べている。しかし、今はそのほとんどの店は暖簾をしまい、戸を閉めていた。昼間のにぎわいはなく、人出も昼間とは比べものにならないほど落ち着いた通りと化している。

それでも次郎は目を皿にして歩いた。すでに帰っているだろうというあきらめ半分、まだいるかもしれないという望みが半分あった。もし、会えたら、どんなに短くてもいいから話したい。その一念が強く胸のなかで渦巻いていた。

三丁目まで歩いて、高松屋を見つけた。間口十五間はゆうにある大きな薬種問屋だ。当然店は閉まっているが、戸の隙間には店のなかの明かりが窺えた。

おさちは友達に会うといったが、果たしてこの店の奉公人だろうか？　それとも近くに住んでいるものだろうか？　その辺のことは詳しく聞いていないが、今日のうちに帰るといっていた。帰るとすれば日のあるうちだろうから、もういないだろう……。

次郎は少し気落ちして、店の裏にまわってみた。店の奉公人たちの話し声をわずかに聞き取ることができたが、おさちがいるかどうかわからない。訪ねるわけにもいかず、次郎は自分の身を持てあました。

もう一度表通りに出て、京橋のほうを眺め、それからゆっくり歩いた。南伝馬町《みなみでんまちょう》一丁目から三丁目と過ぎ、京橋に着いたが、おさちらしき女に出会うことはなかった。

「チッ」

舌打ちした次郎は草履で地面を蹴って、後戻りした。

ところが人間の一念というのは、思いもよらず通ずることがあるようだ。南伝馬町を過ぎたとき、横道から通りに出てきた女がいたのだ。提灯を下げ、顔をうつむけていたが、次郎にはすぐにおさちだとわかった。昼間見たときの振袖姿は目に焼きついており、見間違うはずがなかった。

いきおい胸が高鳴り、足を止めたが、おさちは人目を気にするように足許を見て歩いてくる。

「おさち……」

次郎は声を漏らしたが、それは小さくかすれており、自分でも情けないほどだった。その間にも二人の距離は迫り、人の気配を察したおさちが顔を上げて立ち止まった。一瞬小首をかしげたが、驚いたように口を小さく開けた。

「ぐ、偶然だね」

次郎は舞い上がっていた。胸は早鐘を打っていた。

「あなたは……」

「友達には会えたのかい？」

「……ええ」

「そりゃよかった。しかし、こんな時分までいるとはな……。親御さんが心配してるんじゃないか」

「それは心配いりません。ちゃんと話してありますから。でも、急いで帰らないと……失礼します」

　おさちはちょこんと辞儀をして歩き出した。次郎は慌てた。

「ちょ、ちょっと待ってくれ。せっかくだから途中まで送っていくよ」

「いいえ、町駕籠《まちかご》を頼みますので……」

「駕籠を……じゃあ、駕籠屋までいっしょしよう」

　おさちは観念したのか、黙って歩いた。

「友達と会って楽しかったかい？　久しぶりなんだろう」

「……ええ」

「何だか元気がないな。友達と喧嘩でもしたのか……」

「そんなことありません」

　おさちは昼間会ったときと違い、落ち込んでいるようだった。

「それじゃ面白くないことでもあったのか……？」

　おさちは返事をしない。次郎を避けるように足を急がせる。

「おいらの家はここからすぐなんだ」

「だから何です？」

「だからって……別に何でもないけど、よかったら少し話をしないか」

「もう遅いですから」

「駕籠で帰るんだったら、少しぐらいいいじゃないか」

「でも、やっぱり今日は……」

次郎は強引すぎるのはよくないと思った。

「そうだな。やはり遅いよな。それじゃ駕籠屋まで……」

次郎は心を弾ませているが、おさちはやはり浮かない顔であるし、黙り込んだままだ。

「あの、今度……また、あんたを訪ねると思うけど……」

そういうと、さっとおさちが顔を振り向けた。怒っているように見えたが、提灯の明かりに染められた顔は、やはり可愛い。

「その、一度ゆっくり話をしてみたいんだ」

「よしの女将さんのことですか？」

「あ、いや、そんなことじゃなく、もっと普通の話を……」

「普通の……」

おさちは長い睫毛《まつげ》を動かしてまばたきした。

「ああ、あんたのことをもっと知りたいと思ってさ……」

次郎は照れくさいのを誤魔化すように、へへっ、と笑ってみせたが、

「もうここで結構ですから。駕籠屋さんもすぐそこですので、失礼します」

おさちは硬い表情でぺこりと頭を下げると、京橋を小走りに渡っていった。

取り残された恰好の次郎は、しばし呆然と見送っていたが、すぐに我に返り、

「気をつけて帰るんだぜ」

と、声を張った。だが、おさちは振り返りもせず、橋のすぐ先にある新両替町《しんりょうがえちょう》の駕籠屋に消えていった。

六

「お願い申します。荒金ですが……」

菊之助は又右衛門が仕事場の前を通り過ぎると、しばらくして彼の家を訪ねた。

「なんだね？」

相変わらず不機嫌そうな声が返ってきた。戸は閉まったままだ。

「ちょっと話があるんですが……手間は取らせませんので……」

少しの間があって、入れという声が返ってきた。

腰高障子を開けると、又右衛門が感情を消した目を向けてきた。菊之助は戸を閉めて、

畳の縁に腰をおろした。

「どこから話せばいいか、あれこれ頭を悩ませていたんですが、今日、渋谷広尾町に行って来まして、池田さんのことが……いいえ、中村さんのことがわかりました」

行灯の明かりを受ける又右衛門の片頬が、引きつったように動き、目が険しくなった。

「わたしはしがない研ぎ師をやっていますが、ときどき御番所の手先として動くことがあります。渋谷広尾町に行ったのは、よしという居酒屋の女将が殺された一件です」

又右衛門は黙って煙管を出し、煙草盆《たばこぼん》を引き寄せた。

「下手人を捜すために、よしの女中に話を聞き、また中村さんのお宅にも伺い、話を聞かせてもらいました。じつはその前に、春枝さんという娘さんがこちらを訪ねてこられましたね」

煙管に刻《きざ》みを詰めていた又右衛門の顔が上がった。

「そのとき、お二人の話を立ち聞きしてしまったんです。研いだ刀をお持ちするときでした。すべてを聞いたわけではありませんが、のっぴきならない事情を抱えておられるということがわかりました。さらに、今日の調べで、中村さんが池田と名を変えて、この長屋を借りられたということもわかりました」

「それがどうした？　わしを下手人だと疑っているわけか……」

又右衛門は煙管に火をつけて吹かした。紫煙が二人の間に漂った。

「そういうわけではありません。あの晩、中村さん……いえ、この長屋ではやはり池田さんと呼ばせてもらいましょう」

「好きに呼べばいいさ」

又右衛門は険しい目をしたまま煙管を吹かした。

「何度か町方の調べを受けておられるようですが、何故、ここに越されてきたんです？」

「そんなことを聞いてどうする？」

菊之助はじっと又右衛門を見た。強情そうな顔には疲れがにじんでいた。

「……力になりたいからです」

又右衛門の目が細められた。それからゆっくりした所作で、煙管の灰を落とした。

「あの晩、池田さんは相当酩酊されていたようですね。よしに行ったのも初めて……。もちろん、殺された女将と面識もなかった、そうですね？」

「いかにもそうだ」

「そばで飲んでいた二人の侍が、揉め事を起こしたのは覚えておいでですか？」

「……何となく覚えておるが、くわしくは……」

又右衛門は首を振った。

「御番所はその二人が一番あやしいとにらんでいます。また、よしの女将に追い出されるときも、ただではおかないというような捨て科白を吐いてもおります」

「……そうか」

「さらに今日わかったことですが、その二人は、ある浪人の金を盗んでいる疑いがあります。金十三両です」

「……まことに」

又右衛門は興味を示した。

「はっきりそうだと、今はいえませんが……ともかく、その二人を捜すことが急がれます。池田さんはあの晩、その二人と同席されていました。何か思い出すことはありませんか？」

「すると、そなたは……」

又右衛門は言葉を切って、まじまじと菊之助を眺めた。

「わしを疑ってはいないというのだな」

「疑っていれば、こんな話はしません。池田さんには女将を殺す何の事由もないはずです。もっとも、よしの女中おさちが帰ったあとも、池田さんが店に残っていたことは、町方に引っかかることで、その後女将のおよしと些細なことで揉めて、事に至ったということも考えられはします」

「わしはそんなことは……」

「聞いてください。あの晩、池田さんは相当酔っておられた。自分がどうやって家に帰ったか、詳しいことを覚えておいでですか？」

「いや、それは……ところどころ……」

又右衛門は歯切れ悪くいって、顔をしかめた。

「そうでしょう。だから、何度か調べに行った同心は疑いを解いていないはずです。ですが、女将を殺していれば、返り血を少なからず浴びていたはずです。しかし、そんなことはなかった。また、酔っていたとはいえ、武士であれば、わざわざ台所の包丁を使って人を殺めるとは考えにくい。そうではありませんか……？」

「……そうだ」

「ここに越してこられたのは、あの二人を捜すためではありませんか？」

又右衛門は、ふっと、吐息をついた。菊之助に対する警戒心が薄れた。

「わしの力になってくれる、そのつもりなのか？」

「少なからずそう思っております」

又右衛門はしばし逡巡《しゅんじゅん》を見せて、視線を彷徨わせた。

「わしの家に行ってきたのだな」

「はい。奥様とお嬢様からも話を聞かせてもらいました。お二人とも無実を信じておられます。わたしも池田さんの仕業だとは思っておりません」

「……そうであったか、いやとんだところで救いの神にあった心持ちだ」

「そこで、わざわざここに越してこられたのは、何か考えがあってのことだと推察しましたが、ひょっとすると、あの二人組のことを何か知っておられるのではありませんか？」

「そなたのいうとおりだ。わしはあとであの二人の話を思い出した。ところどころではあるが、二人を捜す手掛かりになるようなことを……」

「それはなんです？」

菊之助はじっと又右衛門を見つめた。

「そなたを信じて申す」

又右衛門はそういって、二人の侍が何者であるか、突き止めたことを話した。

「すると、蛭間と坂入という餌撒役は目黒あるいは品川界隈《かいわい》にいるということですか」

すべてを聞き終わった菊之助は、今日次郎と歩いてきた広尾原の田園風景を脳裏に浮かべた。

「池田さん、事の真偽がはっきりするまでそう呼ばせてもらいますが、明日はわたしもいっしょにその二人を捜すことにいたしましょう」

七

翌朝、町屋が霧に覆われているころ、菊之助は又右衛門と次郎を伴って長屋を出た。次郎のことは昨夜のうちに又右衛門に話していたが、次郎は意外な成り行きに目を丸くした。しかし、誰より菊之助を慕っている次郎であるから、すぐに話をわかってくれた。

三人が向かうのは、品川の御鷹場である。

品川の御鷹場は、御殿山の西にあたる大崎村《おおさきむら》から、鈴ケ森《すずがもり》獄門場のある大井村《おおいむら》や不入斗《いりやまず》村《むら》あたりまで広がっていた。

早いうちに長屋を出立《しゅったつ》した三人は、高輪大木戸《たかなわおおきど》で一休みした。そのころには朝日が昇り、雲の切れ間から幾筋もの光が、内海《うちうみ》（江戸湾）を照らしていた。

浜を出て行く漁師舟が幾艘も見られた。

「池田さん、こうなったからには家に戻られたらいかがです。例の二人は市中から遠いところにいるのです」

菊之助は茶を飲みながら又右衛門を見た。今日の菊之助は、いざというときのために愛刀「藤源次助眞《ふじげんじすけざね》」を腰に差していた。

「そういうわけにはまいらぬ。曲げて下手人をこの手で引っ捕らえねば気がすまぬのだ。それにやつらが下手人だと、まだ決まったわけではない」

「たしかにそうではありますが……」

「もし、下手人であれば御鷹場にはいないかもしれぬ」

それは考えられることであった。西川新十郎から金を盗んでもいるのだ。

「池田さん、ひとつお訊ねしてもよいですか？」

次郎がかしこまった顔で聞いた。

「なんだ？」

「品川の御鷹場を三人で捜すには、いささか広すぎる気がするんですが、何かあてがなければ、ただ骨を折るだけになりやしないかと思うんです」

「心配いらぬ。御鷹場には鳥見役の助をする餌撒きがいるが、その他に野廻りがいるそうだ。これは土地の有力な百姓が当てられておる。餌撒役のことはその野廻りに聞けばおおかたわかるということだった」

「野廻り……」

「そうだ。さあ、そろそろまいろう」

又右衛門はすっくと立って、菊之助と次郎をうながした。

しばらく海沿いの道（東海道）を辿ったが、北品川宿八ツ山の先で道をそれ、御殿山の脇を通って大崎村に入った。早速村役に会い、餌撒役を教えてもらった。

ここで初めてわかったことがあった。御鷹場に住む百姓らには、将軍猟遊に備えて夫役《ぶやく》が課せられていた。鷹の餌取り、その餌になる小鳥の餌集めなどがそうであるが、休息所の確保や御鷹場の監視もあった。ところによっては鷹場番所が設けられているらしい。

しかし、蛭間と坂入のことを知っているものはいなかった。

三人は大崎村から目黒川を越え、居木橋村《いるぎばしむら》に入り、さらに戸越村《とごしむら》を歩きまわった。餌撒きをまかされている百姓や、餌取りをしている百姓らに会ううち、蛭間と坂入のことがぼんやりとだがわかってきた。

二人の評判は決してよくなかった。

しばしば捕獲した雀を逃がしたと難癖をつけて、土地の者から金を巻き上げているようだ。御鷹部屋で飼っている鷹の餌になるのは、ほとんどが雀で、御鷹場の百姓らもそのことをよく知っているから、餌撒役といえど、半ば役人みたいなものだから、反抗できない。

「せっかく撒いた餌を踏みつけたのは、おい、おまえたちだな」

餌を撒く水場や畑ではなく、人の通る道端に撒いての因縁である。絡まれるほうが弁解

をすれば、

「やい、お上に盾突《たてつ》けばどうなるかわかっておるんだろうな」

と、さらなる脅しをかけるらしい。

「どうぞお見逃しを……」

結局、因縁をつけられる村人たちは、泣き寝入りをしていくらかの金を差し出し、目をつぶってもらうしかないという。もっともこういったことは、蛭間と坂入にかぎらず、ときに平の鳥見役も似たようなことをして、金を巻き上げているらしい。

「どうやらあの二人、どうしようもない不届者のようだな」

戸越村《とごしむら》を流れる品川用水のそばだった。

西のほうに伊予松山藩松平《まつだいら》隠岐守《おきのかみ》下屋敷が見える。太陽は中天にあり、近くの木立のなかで鳥の声がわいていた。

「さっぱり見つかりませんが、どうします？」

次郎が菊之助に聞く。歩き疲れたという顔だ。

「このあたりに来ていれば、きっと見ているものがいるはずだ」

「餌撒きの時期はそろそろ終わるそうだ。つまり、やつらの稼ぎどきもそれで終わるというわけだ。役目はともかく、金を巻き上げるため歩きまわっているのだろう」

又右衛門が遠くに視線を投げながらつぶやく。

「見逃しているかもしれません。もう一度戻ってみましょうか」

菊之助がいうのに、又右衛門も同意した。

三人は違う道を辿って、また大崎村のほうへ引き返した。それから間もなくして出会った百姓が、

「餌撒きのお役人でしたら、今朝方見たばかりです」

というではないか。

菊之助は目を光らせた。例の二人は居木橋村にある五社明神《ごしゃみょうじん》近くで目撃されていた。それも、桐ケ谷村《きりがやむら》のほうへ向かったというのがわかった。

菊之助らは目撃情報によって勢いづいた。さらに、それから小半刻ほどして、強力な情報を得た。目黒不動に向かう二人を見たという百姓の子供がいたのだ。

この子供は、餌撒きの夫役を受けた親の代わりをしているので、間違いないといった。

蛭間と坂入は近くにいる。疲れていた体も、新たな情報によって雲散霧消した。

目黒不動は泰叡山滝泉寺《たいえいざんりゅうせんじ》と号し、江戸最古の霊場として参詣客でにぎわっている。その門前には粟餅《あわもち》や飴《あめ》などの土産物屋がひしめき、併せて食べ物屋や休憩処《どころ》が寄り集まっていた。江戸郊外にしてはちょっとした人口密集地である。

三人はその門前町を流し歩いた。だが、菊之助と次郎は坂入と蛭間の特徴を聞き知っているだけで、会ったことはない。頼るのは又右衛門の目だった。

半刻ほど捜したが、問題の二人を見つけることはできなかった。

「いかがされます？」

菊之助は又右衛門を振り返っていう。

「また御鷹場に戻っているのかもしれぬ」

あとは勘でしかなかった。三人は目黒川沿いを辿ることにした。竹林と櫟林《くぬぎばやし》に囲まれた道を抜け、畑道に出る。

と、しばらく行ったときのことだ。

畑のなかを尋常ならざる様子で駆ける男がいた。それもひとりではなく二人。又右衛門が立ち止まって、目を凝らした。

「……あやつらだ」

そういったときだった。今度は一方の藪をかき分けて姿を現した男がいた。その男は右手に刀を振りかざしていた。

「菊さん、あれは……」

次郎が目を瞠っていた。

蛭間と坂入を追いかけるのは、西川新十郎だった。

「いかん、やつはあの二人を斬り捨てるつもりだ」

菊之助はそういうなり駆け出していた。

第四章　男の影

一

「待て、待たぬかッ！」

蛭間清五郎と坂入大三郎を追いかける西川新十郎は鬼の形相である。その差はどんどん詰まっている。

逃げる二人も刀を抜いているが、新十郎に気圧《けお》されているらしく、ほうほうの体である。小太りの坂入のほうが遅れ気味だ。それを蛭間が早くしろと叱咤《しった》している。だが、坂入は息が上がったらしく、くるりと振り返り、新十郎と対決する素振りを見せた。

「蛭間、逃げることはない。こっちは二人だ。迎え撃ってやる」

坂入は刀を握る手に、ペッとつばを吐き、尻端折《しりっぱしょ》りをした。しかたなく蛭間も戻ってきた。菊之助は土手を駆け上り、駆け下り、土埃を立てて畑のなかを疾駆した。

新十郎が二人の前に立って、息を整えている。

「やめろ！　やめるんだ！」

菊之助の声に、三人が振り返った。

だが、それも束の間のことで、新十郎が間合いを詰めた。

「貴様らよくもおれの金を盗みやがったな」

「何のことだ？」

蛭間が声を喘《あえ》がせながらいう。

「しらばくれるんじゃない。おれを酔わせ懐中の金を盗んだのは、おまえらしかおらぬ」

「いいがかりだ。おれたちはそんなことはしておらぬ」

坂入も新十郎に反論する。

「だったらなぜ逃げる。何もしておらぬなら逃げることはない」

「知らぬものは知らぬ」

「だったら懐の金を見せろ」

新十郎はいいながら詰め寄る。

ようやく菊之助は三人のそばに辿り着いた。遅れて又右衛門と次郎がやってきた。

「見せろといってるんだ！」

新十郎はわめいて刀を大上段に振り上げた。

その気迫におののいて、坂入が後ずさった。

「おぬしら、わしを覚えておるか？」

足を踏み出していったのは又右衛門だった。

蛭間と坂入がちらりと又右衛門を見たが、すぐに新十郎に視線を戻した。

「おい、横から口を出してくるんじゃない。これはおれとこのこそ泥たちの話し合いだ」

新十郎はじりじりと間合いを詰めている。

「懐中の金を見せろといってるんだ」

「ふざけるな！　おまえのような田舎侍に指図される覚えはない！」

蛭間が言葉を返した。

「何だと、田舎侍と申したな。もう、許せぬ」

新十郎はいきなり前に飛んで、坂入に一撃を見舞った。

不意をつかれた坂入だったが、太刀をかわそうとして尻餅をついた。それで新十郎の太刀は空を切った。だが、すぐさま刀を返し、袈裟懸《けさが》けに振り下ろした。

陽光を弾く刀は、鋭いうなりを上げた。

ちーん。

甲高い金音が野辺に広がった。菊之助が新十郎の刀を打ち払ったのだ。

転瞬、新十郎が一間ほど後ろに飛びすさって、菊之助に刀を向けて獰猛《どうもう》な野犬のような声を漏らした。

「邪魔するんじゃない」

くぼんだ双眸を炯々と光らせ、菊之助をにらみ、すぐに蛭間と坂入に注意の目を向けた。

「何も斬り合うことはない。話をすればいい。それにわたしもこの二人には話があるんだ」

菊之助は諫めようとするが、新十郎は聞きはしない。

「引っ込んでおれ。邪魔をすれば、遠慮なくおぬしも斬る」

そういうなり、本当に斬りかかってきた。

菊之助は半身をひねってかわしたが、新十郎は体勢を崩すこともなく、二段突きを送り込んできた。たまらず左にかわし、すくい上げてきた太刀をもう一度払った。

「無駄な斬り合いをして何になる。刀を引け、引くんだッ！」

「うるさい。おれにかまうんじゃない。おい、おまえら……」

新十郎はあらためて殺気をみなぎらせ、蛭間と坂入に正対した。

「懐中のものをおとなしく出すか、それともおれに斬られるかのどっちかだ。さあ、どっちを選ぶ」

そういって新十郎が間合いを詰めたとき、背後の藪から十数羽の鳥が羽音を立てて空に舞った。その瞬間、坂入が大きく足を踏み出して、新十郎に斬りかかった。

菊之助は止めようとしたが、間に合わなかった。

坂入は脇構えから袈裟懸けに刀を振り下ろしたが、新十郎はその刀を撥《は》ね上げるやいなや、前に飛ぶように動き、胴を抜いていた。見事な一瞬の早業だった。

直後、坂入の体がぐらつき、片膝をついて、そのまま横に倒れた。

「き、斬りやがったな……」

声を漏らしたのは蛭間だった。日に焼けた顔が蒼白になっていた。

「おまえも同じことになるのだ。そうなりたくなかったら……」

新十郎が全部をいい終える前に、蛭間は身をひるがえして、脱兎のごとく駆け出していた。待て逃げるな、と新十郎は慌てた声で叫んだが、蛭間の逃げ足は早かった。

菊之助もしばらく追ったが、とても間に合いそうになかった。引き返すと、次郎が斬られた坂入のそばで様子を見ていた。

「どうだ？」

次郎は首を振った。

坂入はすでに虫の息だった。又右衛門もそばにやってきて、坂入をのぞき込んだ。

「坂入大三郎だな」

菊之助が呼びかけるのに、坂入は苦しさに耐えているだけだった。斬られた腹部から大量の血が溢《あふ》れ、着物を濡らしていた。長くもたないのは明らかだったが、菊之助は呼びかけた。

「しっかりしろ。わたしの声がわかるか」

坂入は唇をふるわせて、何かをつぶやいた。

「何だ、何をいいたい？」

「み、水……」

菊之助は次郎を見た。

「次郎、そこの小川に行って水を汲《く》んでこい」

次郎が駆け去ると、もう一度呼びかけた。

「広尾町によしという居酒屋がある。覚えているか？」

坂入は返事をしない。金魚のように口を動かすだけだ。

「おい、貴様はわしのことを覚えておろう。覚えておらぬとはいわせぬぞ」

又右衛門も坂入をのぞき込んでいうが、反応は弱い。

「貴様と今逃げていった蛭間という男が、よしの女将を殺したのだな。そうだな」

坂入はつばを飲んだだけだった。

「おい、答えるのだ」

胸ぐらをつかもうとした又右衛門の手を、菊之助は制した。次郎が水でしたたる手拭いを持ってきて、坂入に飲ませた。

「少しは楽になったか……？」

坂入は目をつむって小さくうなずいた。

「よしの女将のことは知っているな」

再度菊之助が問いかけたとき、荒い息をして新十郎が戻ってきた。

「逃げ足の早い野郎だ。おい、何をしてやがる」

新十郎はそういうなり、菊之助の肩を押しやって、乱暴に坂入の胸ぐらをつかんで引き寄せた。

「おい、おれの金を返せ。盗んだのはわかっているんだ」

そういって、懐を探って財布を取りだした。坂入のことなどかまわず、どんとそのまま突き倒してしまった。

乱暴に扱われた坂入は、仰向《あおむ》けに倒れたが、すでに瞳孔が開いていた。

菊之助は無言のまま立ち上がった。

「やはり、こやつ大金を持っていやがった。見ろ、御用聞き。八両あまりも持っていたぞ。これはおれの金だ」

「荒金殿、この男は？」

又右衛門が半ばあきれ顔を菊之助に向けた。

「昨夜話した浪人です。蛭間と坂入に金を盗まれたという……」

「おぬしがそうであったか……」

又右衛門がそういうのに、新十郎が立ち上がった。

「御用聞き、逃げた蛭間って野郎を追わねばならぬ」

「待ってくれ。それはわたしらも同じだが、話がある」

「なんだ？」

二

菊之助らは坂入の死体の処理を、下目黒村の村役に頼み、目黒行人坂《ぎょうにんざか》の茶店に入って

いった。坂入を殺したのは新十郎だが、罪の意識はつゆほどもないらしく、

「斬って文句をいわれる筋合いはない」

と、きっぱりいいきる。

だが、又右衛門はそんな新十郎を責めた。

「おぬしは人を斬ったのだぞ。非はないとしても、やりすぎだ。お陰で何の話も聞けずじまいで、蛭間を逃がしてしまった」

「やつが斬りかかってくるからだ。身を守るためには致し方なかった。いつまでもぐずぐずいわずともよいであろうに……うるさいのう……」

新十郎はそっぽを向くと、顎の無精髭を、ぴっと一本引き抜いた。

「それより、どうやってあの二人を見つけた？」

聞くのは菊之助である。

新十郎は抜いた髭を吹き飛ばして顔を向けた。

「おぬしがいっただろう。届けを出せと。だから出しに行ったのだ。ところが、祐天寺に戻ったとき、鷹場番所に詰めている百姓に会ったのだ。そやつはあの二人をよく知っておってな。どのあたりをうろついているか教えてくれたのだ。それで待ち受けていると、案の定やってきたという次第だ。なんのことはなかった」

新十郎は、ずずっと、音を立てて茶を飲む。

鷹場番所とは鷹場の監視にあたる出張所で、野廻りをまかせられた百姓が詰めている。坂入と蛭間がその番所に立ち寄ったと考えるのは、何の不思議もない。

「……ともかく、逃げた蛭間を追わねばならない」

菊之助がつぶやくと、又右衛門がそうなのだと顔を向ける。

「こんなところで暇をつぶしている場合ではない」

「そうだ、おれは盗まれた金を取り戻さねばならぬのだ」

と、新十郎も又右衛門に同調する。

「逃がしたのは、おぬしが出過ぎたことをするからだ」

又右衛門はまた渋面で新十郎を咎めた。

「何を申すか。おまえらが邪魔をしたから、ああいうことになったのだ。人のせいにするな。……それにしても、何故そうまでやつに拘る？」

「人殺しかもしれぬからだ。あやつらのせいで、わしは濡れ衣を着せられそうになっている。いや、町方がわしを疑っているのは明らか」

新十郎は、驚いたように唇をすぼめて、又右衛門を見る。

「それではやつらは罪人ではないか。だが、おかしいな、町方に疑われているのになぜ御用聞きといっしょにいる？」

「この方は疑いを晴らそうとされているだけだ。わたしもこの人の仕業だとは思っていない」

菊之助が言葉を添えた。

「それでは、あやつらがやったというわけか……？」

「下手人であるかどうかは定かではないが、それを調べるために捜しているのだ」

「なるほどそういうことか……それで、どうやって蛭間の野郎を追う？」

新十郎は興味津々《しんしん》の目を向けてくる。

「今、考えているところだ」

菊之助はそういって又右衛門を見た。又右衛門は意味深な目をして、

「ともかくここにいても埒《らち》が明かぬ」

と、差料《さしりよう》をつかんで腰を上げた。

「どこへ行くんだ？」

慌てたように新十郎が声をかける。

「どこへ行こうがおぬしには関係ない。荒金殿、まいるぞ」

茶店を出て行人坂を上った。

坂上からの眺めは壮観で、遠くに白銀に輝く富士を見ることができた。土地のものはその坂の頂を「夕日の丘」と呼んでいた。日没時には得もいわれぬきれいな夕景を見ることができるが、まだその時刻ではない。

「やつはついてきておらぬな……」

又右衛門は前を向きながらいう。菊之助が振り返ると、新十郎は爪楊枝《つまようじ》をくわえたまま茶店の前に立っていた。だが、くるりと背を向け坂を下りていった。

「……ついてくる素振りはありません」

「荒金殿、どうする？」

「蛭間の住んでいる長屋はわかっておりましたね。相棒をなくした蛭間は、一度は家に帰るはずです」

「同じことを考えていたな」

「そっちに行きましょう」

「菊さん、おいらも行ったほうがいいかな……？」

そばについている次郎が聞く。何か考えがありそうな顔をしていた。

「おまえは、そうだな……」

「よしのことをもう少し調べたらどうかと思うんです。坂入はあんなことになっちまったけど、蛭間が下手人だと、まだ決まったわけじゃないでしょ」

「いかにもそうだ」

「聞き漏らしや、見落としがあるかもしれません」

「感心なことをいうようになったな」

「伊達《だて》に、横山の旦那についているわけじゃありませんから」

次郎は、へへっ、と笑い、得意そうな顔をする。

「わかった。おまえはよしをもう一度探り直してくれ」

「合点の承知」

おどけていう次郎は、腕をまくってみせた。

菊之助と又右衛門は坂を登り切って、まっすぐ市中に向かったが、次郎は左の道を辿って広尾町に向かった。

「急ぎましょう。蛭間が逃げてから大分たっています」

「うむ」

短く応じた又右衛門は健脚だった。

三

菊之助と別れ、渋谷広尾町に向かう次郎の胸は、少しだけ痛んでいた。本当ならいっしょに行動するところだが、ふとしたことでおさちのことを思い出し、昨夜はちゃんと家に帰ることができただろうかと、そういう心配の種があった。

もっとも、菊之助に「よし」をもう一度調べ直すといったのも嘘ではない。秀蔵に使われるようになって、探索の手順やそのやり方は徐々に仕込まれている。また、手先の指南をする先輩格の五郎七と甚太郎の影響もあった。

次郎は畑道を辿ってよしに向かっていた。このあたりは高台になっていて視界が開けており、台地の切れた先に空が広がっていた。その手前には青い麦畑と、春野菜の畑がある。耕されたばかりの畝《うね》には、夏の収穫をあてにした穀類や野菜が植えられていた。

しばらく行くと下り坂になった。下りた先が渋谷広尾町だ。その坂の途中から、おさちの家を見下ろすことができた。自然に、次郎の頬がゆるむ。

早足になって坂を下りると、町屋に入った。市中と違い、人の通りは少なく、暖簾を上げている商家もどことなくのんびりしている。

まず「よし」に行ったが、戸は閉まったままで、戸口に「貸家」という貼り紙があった。大家が新しい借り主を募っているのだ。

「よし」は仔細に検分されているし、次郎も二度店内を見ている。今さら店を見てもしかたない。先におさちに会うことにした。

歩きながら、何をいってやるべきか考える。昨夜は無事に帰ることができたかどうか。いらぬお節介かもしれないが、一応心配してやる。それから、もう一度事件の夜のことを思い出してもらおう。話のきっかけはその間につかめばいい。

頭のなかで算盤《そろばん》を弾《はじ》きながらも、おさちの顔を瞼《まぶた》に浮かべた。

おさちの家の戸は開いていたが、人の姿はなかった。何度か声をかけていると、庭の奥から頬被《ほおかぶ》りした小男が姿を現した。

「何の御用でしょう？」

野良着の小男は卑屈な目をしていた。

「おさちさんを訪ねてきたんだけど……あんたは？」

「あっしはこの家の小作です」

「小作人か……おさちさんは知らないか？」

「さっきまでいましたけど、どこへ行ったかな……」

小作人は鼻の下を指でゴシゴシこすりながら、あたりを見まわした。

「買い物かなんかでしょう。おさちさんは百姓仕事はしねえから」

「……そうなんだ」

「汚れる仕事は嫌いなんです。だから、日本橋へ奉公に出たり、やめて帰ってくれば飲み屋勤めです。旦那さんもおかみさんも、おさちさん可愛さに何もいわねえから……あ、いや悪口じゃないですよ」

小作人は慌てて手を振った。おさちは我が儘に育ったとでもいいたかったのだろう。

「おれは御番所の旦那に使われているもので、よしの女将が殺されたことを調べているんだが、何か見たり聞いたりしたことはないか？」

「あの話はみんな噂してますが、あっしは何も知りませんよ。日が暮れりゃ飯食って寝て、夜が明ければ飯食って畑仕事ですから……」

「おさちさんの親は見ないが……」

これで訪ねてくるのは三度目だが、おさちの両親には会ったことがなかった。

「旦那さんもおかみさんも朝から晩まで畑仕事です。これからは稲を植えなきゃならないので、田圃作りもあります。日のあるうちに家にいるなんてことは滅多にないですよ」

おさちの両親は、よほど働き者のようだ。住まいが他の百姓家に比べ立派なのも、その頑張りがあってのことかもしれない。

「おさちさんは近くに出かけているんだな？」

「……だと思いますけどね」

「それじゃ出直すことにするか……」

まるで独り言のようにいって、小作人と別れた。

町屋に戻って流し歩いたが、おさちを見つけることはできなかった。ともあれ、昨夜は無事に帰ってきたようだ。

無駄に時間をつぶしてもしかたないので、又右衛門の家を訪ねることにした。実際のところはわからないが、菊之助は又右衛門の疑いは薄いと考えている。しかし、次郎はすっかり疑惑をぬぐい去っているわけではなかった。現に秀蔵は又右衛門を捜し出せといっているのだ。

菊之助も秀蔵も尊敬する人だが、次郎に直接の指図を下すのは秀蔵であり、またその道の手練《てだ》れである。探索にあたる場合は、どうしても秀蔵の考えを重視したくなる。

又右衛門の家に行くと、姉さん被りをした春枝が庭の隅にある畑で草むしりをしていた。しばらく眺めていると、手の甲で額の汗をぬぐった春枝が、次郎に気づいた。

「熱心ですね」

次郎は声をかけた。

「父が留守をしておりますので、できることはやっておかねばなりませんから」

春枝はゆっくり立ち上がった。

まともに見つめられると、おさちとは違う気恥ずかしさを感じるが、次郎はとても自分の手の届く女ではないとわかっている。武家の娘に商家の次男坊じゃどうあっても釣り合いは取れないし、また次郎にとって春枝はあまりにも高嶺の花だった。

「今日は何か?」

先に春枝のほうが訊ねてきた。

「例の一件ですけど、殿様があの日着ておられた着物は、最初に来た同心の旦那に見せられているんでしたね」

又右衛門は隠居しているとはいえ、れっきとした旗本であるから、その辺を心得て次郎は「殿様」と呼んだ。

「それはすでに見せておりますし、おさちさんという女中さんにも、ちゃんとたしかめてもらってあります。血の一滴もついておりませんでした。それはもうお調べになってわかっていることではありませんか」

語調強くいう春枝は目を厳しくした。

何度も同じことを聞かれるのが不愉快なのだろう。

「殿様はどうしてあの晩にかぎってよしに行かれたんでしょうね」

「それは父上の気紛《きまぐ》れでしょう。誰にでもそんなことはあるはずです」

「そりゃそうでしょうけど、前からよしの女将を知っていたとか……」

春枝の目がキッと吊り上がった。美人なだけに、その顔は険しく見えた。

「父上はそんなことはないといっておりますし、わたしも母上もそのことは心得ております。もし、以前からの知り合いであれば、わたしも母上も当然知っているはずです。我が家においては隠し事などございません。このことは、はっきり申しておきます」

「へえ、それはもう……」

次郎は顔をしかめて、首筋をかいた。美人はいいが、それだけに取っつきにくい。こういう女は苦手だった。

「何もおいらは殿様が下手人だといってるんじゃないですから」

「でも、疑っておられる口ぶりですわ。他の町方のお役人だってそう……」

「役目柄、下手人を捕まえるまでは気が抜けないんですよ」

「そうでしょうけど……」

春枝はそういって、小さくため息をついた。

「とにかく早く片をつけてほしいですわ」

「そうしたいところですが、手掛かりが少なくて難渋しているんです。その後、何か気づいたことはありませんか？」

これを聞くのが一番の目的だったが、期待するような返事はもらえなかった。

次郎は立ち話をしただけで、春枝と別れた。

野路を後戻りして町屋に出た。籠《かご》を背負った老婆とすれ違ったとき、日が翳りあたりが薄暗くなった。空を見上げると、雲が多くなっていた。

視線を戻したとき、次郎はおさちの姿を見た。

四

「おさちさん」

煎餅屋《せんべいや》の前にいたおさちがくるっと振り返った。大きく見開いた目は、あどけない少女のようだった。

「さっき、家に行ってきたんだ」

次郎はおさちの気持ちをほぐそうと、微笑《ほほえ》んで話しかけた。

「煎餅買って帰るのかい？」

「うちで雇っている小作の留吉《とめきち》さんが好物だから……」

「あの小柄な年寄りか？」

次郎はさっき会ったばかりの小作人の顔を思い出した。

「それは伊助《いすけ》さんだと思います」

「伊助……それじゃ小作人を二人雇っているのか？」

「おとっつぁんとおっかさんじゃ手が足りないからしかたないんです」

店の主が「おさちさん」と、声をかけて煎餅を入れた袋を差し出した。

おさちは受け取って「まだ何か……？」と、次郎に怪訝そうな顔をする。

「ちょっとその辺で話ができないか？」

おさちは少し迷ったが、少しならと誘いに応じた。

次郎は胸をはずませて、近くの茶店に入った。並んで表の縁台に座り、女将が持ってきた茶を先におさちに勧めた。

「……昨夜は何だか浮かない顔をしていたが、何かあったのかい？」

「たいしたことではありません。でも、ちょっと……」

「ちょっと、なんだい？」

おさちは茶に口をつけた。

「昨日会った人と仲違《なかたが》いしそうになっただけです。でも、よくあることですから……」人によって考え方が違うから、その何ていうんだっけ、そうそう心のすれ違いっていうのかな。

おさちが顔を向けてきた。大きな目のなかに澄んだ黒い瞳があった。次郎は思わず上気した。

「わかりますか……?」

「よくあることだからね」

おさちは湯吞みを両手で包んでうつむく。次郎はその横顔を見つめた。

「あの……」

「はい」

まともにおさちと目が合い、次郎はどぎまぎした。

「ああ、おいらは町方の旦那に雇われたりしているけど、ほんとは本所にある瀬戸物屋の倅なんだ。だけど、兄貴がいるから跡取りにはなれないし、その兄貴ともうまくいかなくてな……。だからって、ふてたりなんかしてないぜ。兄貴は兄貴だし、おいらはこれでいいと思っているんだ。でも、いずれは何か商売をやりたいと考えている。やっぱ商人《あきんど》の子供なんだろうな」

「そうだったんですか。あの、お名前は……次郎さんでしたよね」

おさちは長い睫毛を上下させて聞く。

「ああ、次郎だよ。忘れないでおくれよ」

へへっと、次郎は嬉しそうに笑った。

「あの辺に住んでるんですか？　その昨夜会ったでしょ……」

「ああ、高砂町《たかさごちょう》だ。昨日会ったっていう友達は、高松屋の奉公人なのかい？」

「……そうです」

おさちは遠くを見て答えた。向かい側の店の葦簀に西日があたっていた。

「ここから日本橋は遠いよな」

次郎もおさちと同じように、黄昏《たそがれ》はじめた空を見ていった。渋谷広尾町から通町にある高松屋まで男の足で半刻（一時間）はかかる。

「何年ぐらい高松屋にはいたんだい？」

「二年です。でも、他の奉公人と違って、わたしは借金のない年季奉公でしたから、修業見習いみたいなものだったんです」

「修業見習い……花嫁修業ってこと……？」

おさちは首をかしげて、そうかもしれないと曖昧《あいまい》な返事をした。

「家の手伝いはしなくていいのかい？」

「わたしは百姓にはなりたくないし、百姓の家に嫁ぎたくもない」

「それじゃ親が困るだろう」

「親は親です。それに、養子をもらうといっているし……」

「……そうなんだ。いろいろあるよな」

「それで、下手人は見つかりそうなんですか？」

おさちは急に話を変えて、次郎を見た。

「いや、まだだ。例の二人の侍のことはわかったが……」

「あの人たちを見つけたんですか？」

おさちは大きく目を瞠った。

「ああ、だが捕まえちゃいないんだ」

ひとりが殺され、ひとりを取り逃がしたとはいえなかったし、おさちにいうことでもなかった。

「だけど、まだあの二人が下手人だと決まったわけじゃない。他にいるかもしれないしな」

「ああ、それに男でなく、女かもしれねえ。店の客ともかぎらない」

「何かそんな人に心あたりでも……」

おさちは顔をこわばらせて聞く。

「いや、まったくない。だけど、何か気づいたことはないかい？　何でもいいんだ。女将にいい寄っていた男とか、女将と仲の悪かった女とか……酒や魚の仕入れ先の人間とか、そんなやつに思いあたることはないかな……？」

おさちはまた遠くを見て考えているようだったが、

「そんな人の話は聞いたことがありません」

と、今度はぼんやりした顔でいって、言葉を足した。

「夕餉の支度があるので、そろそろ帰らなきゃなりません」

「……そういう話を聞いたら心に留めておいてくれ」

「ええ」

「また、来ると思うから……」

おさちが先に立ち上がった。

「他に……」

「高松屋の友達にはまた会いに行くのかい？」

「……多分」

「早く仲直りしたほうがいいよ」

「ええ、それじゃここで失礼します」

行こうとするおさちを、次郎は慌てて呼び止めた。

「今度はいつ行くんだい？」

「近いうちに、行こうと思っています」

おさちは言葉を句切っていった。

「そう。……向こうで会えるといいな」

本心をいったのだが、おさちはぺこりと頭を下げて行ってしまった。次郎はおさちが町屋の角を曲がるまで見送っていた。

おさちと話をしたことで、心を浮つかせていた次郎だが、別れてしまうと妙にむなしくなった。いっそのこともう一度おさちの家を訪ねてみようと思ったりもしたが、そんなことをすればあまりにも厚かましいと嫌われるだろう。

気を引き締めるために、両手で頬を軽くはたいて立ち上がった。気になる話を聞いたのはそのすぐあとだった。

「あの晩はどうだったかわかりませんが、何度か店が終わったあとで訪ねてきた男を見たんですよ」

そういうのは、「よし」の隣にある福屋《ふくや》という履物屋の亭主だった。この店への聞き込みはすでに終わっていたが、せめて「よし」の両隣だけでも、もう一度聞き込みをかけておこうという熱心さが功を奏したのだ。

「男が……」

「毎晩ってことはなかったと思いますが、何度か見かけたことがあるんです。いえ、こっちも厠《かわや》に行くついでに見かけただけなので、気にしてなかったんですけどね」

主は五十過ぎと思われるが、次郎が町方の手先だと知っているから言葉が丁寧だ。

「そいつは知っている男じゃないんだな」

「何しろ暗がりでしたから、顔ははっきり見ちゃいないんです。ただ、お侍じゃなかったと思います」

「つまり刀を差していなかったってことだな」

「へえ、腰にはそんなものはなかったように見えました」

「年はどうだ？」

「さあ、それもはっきり顔を見たわけじゃありませんから……」

主は最後に見たのは、およしが殺される三、四日前だといった。

福屋を出た次郎は、心の高ぶりを覚えていた。手がかりをつかんだのかもしれない。だが、このことはもっとたしかめる必要がある。同時におさちに会う理由が見つけられたと思った。次郎はそのままおさちの家を訪ねた。

庭におさちの父親の姿があり、不審な目を向けてきたが、身許を明かしておさちを呼んでもらった。土間奥から出てきたおさちは、火をおこしていたらしく、手に火吹竹を持っていた。

「まだ、何か……？」

おさちは訝しげな顔で近づいてきた。

「よしの隣にある福屋の親爺さんから聞いたんだけど、店が終わったあと誰か男が訪ねてきていたらしいんだ。殺しのあった晩の三、四日前にもその男を見たと、福屋の親爺さんがいうんだけど、知らないかい？」

おさちは張りついたような目をした。

「その男が来たのは一度や二度じゃなかったらしいんだ」

「さあ、わたしには……」

おさちは首をかしげる。

「わからないか？」

「わたしは店が終わると、すぐ帰るのが常でしたから、そんな人には……」

「気づかなかったか？」

おさちは黙ってうなずく。

「こんなことで何度もしつこく訪ねてこられるのは迷惑だろうな。いや、わかるよ」

次郎はおさちのことを気遣ってから言葉を足した。

「だけど、あんたを雇っていた女将のことだから放っておけないだろう。……また、訪ねてくると思うけど、勘弁してくれよ。忙しいところ、悪かったね」

次郎は縁側のそばにいた父親に、軽く会釈をしてきびすを返した。

杏子色《あんず》に染まった空に渡り鳥の群れがあった。

足を急がせる次郎は、早くこのことを菊之助に伝えなければならないと思った。

五

菊之助と又右衛門は、神田相生町にある裏長屋、甚兵衛店を見張れる蕎麦屋《そば》の隅に腰をおろしていた。木戸番小屋をそこからよく見ることができた。

昼商いをする店はすでに暖簾を外し戸を閉めている。代わりに夜商いの店の行灯には火が点《とも》されていた。

二人がそこに居座って、すでに半刻（一時間）はたっている。

「帰ってこなかったらいかがする？」

又右衛門は痺《しび》れを切らしはじめていた。こういったことには慣れていないだろうから無理もない。

「無駄になるかもしれませんが、ここで見張りをやめるわけにはいきません」

「やつが下手人なら、帰ってこないこともあるのではないか……」

それは当然考えられることであった。

菊之助は黙り込んだまま、外に目を向けている又右衛門の横顔を見た。鬢《びん》白髪が燭台の明かりに輝いていた。

蛭間と坂入は同じ長屋住まいで、それも同じ家に住んでいた。郷士崩れの浪人だから、倹約をするためだと思われる。餌撒役は鳥見役の嘱託であるために、収入はせいぜい五人扶持だという。年収にすれば、米価を高く見積もっても三両ほどにしかならない。

だから、鳥見役は百姓らに片手間の仕事としてまかせることが多い。もっとも蛭間と坂入は他に職がないから、強請《ゆす》りたかりをして副収入を得ている節がある。おそらく盗みもやっているだろう。現に西川新十郎の懐中の金を盗んでもいる。

「それにしてもあの西川という浪人……」

表を見ながら又右衛門がつぶやいた。

「やつは金を盗まれたとはいえ、坂入大三郎を斬り捨ててしまった。坂入に落ち度があったとしても、このままでよいのか？」

又右衛門は菊之助に顔を向けた。

「……やつは人殺しだ」

「それはわかっています。しかし、それに関わっていれば、下手人捜しが遅れるでしょうし、蛭間を逃がしてしまうかもしれません。ちゃんとした届けはするべきでしょうが……」

菊之助は言葉を切った。又右衛門のいいたいことはわかる。しかし、盗人を捕まえての無礼討ちととらえてもよい。町奉行所に訴えたところで、無用な手間がかかるだけで、西川新十郎の誅殺《ちゅうさつ》は認められるだろう。

菊之助はそのことを先読みして、

——喧嘩沙汰で斬られたようだ。

と、坂入の件を簡略に村役にまかせただけである。

「やつが帰ってこなかったらいかがする？」

又右衛門はまた話を戻した。

「……他のことを考えなければなりません。もし、蛭間が戻ってこなかったら、池田さんへの容疑が深まることになります」

さっと、又右衛門が顔を向けてきた。眉間《みけん》にしわを彫っての険しい表情だ。

「そなたも、やはりわしを疑っておるのだな」

「そうではありません。無実ならその証を立てなければなりませんが、池田さんには今、それがありません。わたしはともかく、町方が疑ってかかるのは仕方のないことです」

ううっ、とうめきを漏らした又右衛門は、口を引き結んで、拳で膝をたたいた。

「わしは殺しなどやっておらぬ」

「……わたしもそう信じています」

菊之助が応じると、又右衛門は無言のまま表に顔を向けた。

蕎麦屋に長居ができなくなった。店主がそろそろ店を閉めるという。もうそんな時分なのだ。無理を聞いてもらった手前、心付けを渡して表に出た。

「あの縄暖簾に入りますか？」

菊之助にいわれた又右衛門は、近くにあるいかにも安酒しかないだろうと思える縄暖簾を見た。その店からも甚兵衛店の木戸口は見張れるはずだった。

「店はよい。この辺で待とうではないか。酒が目の前にあると、つい手が出てしまいそうだ」

又右衛門は酒好きのようだ。「よし」の一件があるので自粛しているのだろう。二人は畳屋の戸口横に出しっぱなしにしてあった、粗末な長腰掛けに座った。

空には星が浮かんでおり、月もある。寒さは日に日にやわらいでいるが、今夜は風が冷たかった。花冷えか……と、菊之助は心中で独りごち、腕を組んだ。

蛭間は戻ってくるか、戻ってこないか。それはひとつの賭けであった。しかし、菊之助は帰ってくるほうに賭けていた。見張りをはじめる前に、蛭間と坂入が住んでいた家をあらためたが、十分に生活臭があった。

蛭間が落ち着けるのはあの長屋しかない。また、蛭間は新十郎からうまく逃げたと思っているだろうし、自分たちのことを町方の手先だとは気づいていないはずだ。新十郎に追われているとわかって、餌撒き仕事をつづけるとは思えない。

しかし、夜は更けていくばかりだった。五つ半（午後九時）の鐘が鳴ると、近くの飲み屋から客がぽつぽつと出てゆき、暖簾を下ろす店もあった。

「戻ってこないか……」

ぽつんと、又右衛門があきらめたようにつぶやいた。

「お疲れでしょう」

「これしきで疲れるような年ではない」

又右衛門は強がったが、顔ににじむ疲れは誤魔化せなかった。

それからしばらくしたときだった。神田広小路のほうからやってきた浪人ふうの男が、甚兵衛店に入っていった。暗いので蛭間だったかどうかわからない。

菊之助が腰を上げると、又右衛門もそれにつづいた。

「やつか？」

「わかりません」

菊之助はそう応じて、足を急がせた。

木戸口で路地を見た。その目が、かっと見開かれた。蛭間だったのだ。今まさに自分の家の戸を引き開けるところだった。菊之助は急いで路地に入った。外れていたどぶ板につまずき、危うく転びそうになったが、どうにか持ちこたえた。そのとき、蛭間の家の戸が開き、蛭間の顔が突き出された。

「蛭間だな」

声をかけたのは又右衛門だった。

菊之助は無用なことをと、舌打ちをしたが、もう遅かった。危機を察した蛭間は、家を飛び出すなり路地奥に駆けていった。

六

菊之助は追いかけながら尻端折りした。蛭間の姿が暗い路地の闇に溶け込んだ。だが、がらがらと物を倒す音と、足音を消すことはできない。

路地奥は突き当たりではなかった。体を横にすれば、隣の路地に出られる猫道があった。菊之助が猫道に入ったとき、蛭間の影が右に折れるのが見えた。菊之助は蟹《かに》のようになって猫道を出ると、逃げる蛭間の背中を見た。表通りだ。

一度後ろを振り返ったが、又右衛門の姿は見えなかった。かまわず、蛭間を追いかける。

蛭間は酔っぱらいを突き飛ばし、天水桶《てんすいおけ》の手桶を通りにぶちまけて逃げる。倒れた酔っぱらいが罵声を上げ、転がった手桶にびっくりした野良犬が吠え声を上げた。

まっすぐ行けば、藤堂和泉守《とうどういずみのかみ》（伊勢《いせ》津《つ》藩）上屋敷にぶつかる。菊之助は蛭間との距離を詰めていた。振り返った蛭間が驚いたように目を見開くのがわかった。刀を引き抜いて、そのまま走ったが、しばらく行ったところで、立ち止まってくるりと反転した。

「くそっ」

吐き捨てた蛭間が身構えた。その背後は和泉守屋敷の海鼠塀《なまこべい》だ。屋敷に沿って南北に走る道があり、屋敷のまわりには水路がめぐらされている。

「刀を引け」

菊之助は肩を喘がせながら詰め寄った。

「うるせえ。てめえは西川の仲間だな」

「そうではない。おぬしに話がある。よしの一件だ」

「なんだと。いい加減なことをぬかすんじゃねえ」

蛭間はそういうなり撃ちかかってきた。菊之助は足を引いてかわすと、刀の柄に手をやった。蛭間はすぐに体勢を整え、休む間もなく第二の太刀を送り込んできた。

菊之助は愛刀を鞘走らせると、蛭間の刀をすりあげて打ち払った。

ちーん。

青い火花が散り、金音が闇のなかに広がった。

「広尾町の居酒屋よしの一件は知っているな」

菊之助は蛭間の刃圏から外れて声をかけた。

「なんのことだ？　あの女将が殺されたことか……」

やはり知っているのだ。

「そのことで、聞きたいことがある」

「てめえ、西川に頼まれたのか？」

「そんなことではない」

「金は借りただけだ。それなのに、坂入を斬りやがった。くそッ」

蛭間は地を蹴って、突きを送り込んできた。かわされると、横薙《な》ぎに刀を払い、腰を低く落とした。総身に殺気をみなぎらせ、夜目にも顔を充血させているのがわかった。

菊之助は説得をあきらめた。

この男は傷を負った獣と同じで、何をいっても聞きはしない。

「うをぉー！」

腰を落とし、低く構えていた蛭間は、魂消《たまぎ》るような声を発し、袈裟懸けに撃ち込んできた。菊之助は右足を斜め左に踏み込み、蛭間の右側方をすり抜けるやいなや、ぱっと反転して、刀を振り下ろした。とっさに棟を返しての撃ち込みだ。

一瞬、蛭間の慌てる顔が見えたが、そのときには愛刀・藤源次助眞は、蛭間の背中を強くたたいていた。

どすっと、鈍い音がして、蛭間の体がゆっくり前に倒れた。その手から刀がこぼれた。

菊之助は激しく肩を上下させて、しばらく息を整えなければならなかった。遅れて又右衛門が駆けつけてきた。

「斬ったのか?」

と、声を喘がせながらいう。

「峰打ちです」

「見事だ」

そういった又右衛門は、落ちていた蛭間の刀を拾いあげた。

「話を聞かなければなりません。番屋(自身番)に運びましょう」

「なんだと、それには及ばぬ。気を入れてやり、ここで聞けばいい」

「そうはいきません。ここはちゃんと町方を呼んで口書《くちが》きを取るべきです」

「無用だ。わしが調べる」

「いえ、なりません」

菊之助は又右衛門の腕をつかんで、にらむように見た。又右衛門もにらみ返してくる。

「ここはわたしにまかせてください。池田さんが無実であれば、きちんと手順を踏んだほうがあとあとのためです」

「わしは潔白だ」

「だったらいうようにしてください。わたしに指図をしている同心は、池田さんへの疑いをいまだ解いていないのです。勝手な調べは、不利になります」

「……そうか」

又右衛門はしぶしぶ折れた。

「それから、池田さんは番屋の前までで結構です。あとはわたしがうまくやります」

「どういうことだ？」

「今も申しましたが、池田さんは嫌疑をかけられている身です。もし、蛭間が真の下手人でなかったとしたら、町方は目の色を変えて池田さんを追います。番屋詰めの町役に顔を見せるのは、今夜のところは控えておいたほうがいいはずです」

又右衛門はしばし躊躇《ためら》いながら考えていたが、

「そなたがそこまで考えているとは思いもよらなんだ。わかった、ここは引き下がろう」

二人で気を失っている蛭間を運んだが、自身番の前で又右衛門は先に帰った。

七

菊之助は翌朝早く長屋を出た。

寝ぼけ眼《まなこ》のまま隣を歩く次郎が、昨日のことを話した。

「もし、その履物屋の主のいった男が下手人なら……」

「蛭間と坂入は殺しをしていないということです」

菊之助の言葉を次郎が引き継いだ。

「……ともかく蛭間の調べ次第だな」

「そういうことになるでしょうが、これは横山の旦那にも話さなきゃなりません」

「……うむ」

短くうなずいた菊之助は、足を急がせた。

鶯の声が町屋の庭からわき上がっていた。

遠出をするらしい職人や、魚の棒手振《ぼてふり》とすれ違うが、人通りはまだ少ない。江戸の町はこれから活気づいてくる。日はすでに昇っているが、東の空には雲が多く、薄日が射している程度だった。

「横山の旦那もこんな早くから来るんですか?」

「昨夜、番屋詰めの番人が秀蔵の家に走っている」

菊之助は昨夜、神田佐久間町一丁目の自身番に蛭間をつなぎ止めると、そのまま番人を使いに走らせていた。

浜町堀沿いの道から町屋を抜け、柳原通りに出て和泉橋を渡った。向かう自身番は、もう目と鼻の先だった。

神田川にある佐久間河岸《がし》には荷舟がつけられ、積み荷の荷下ろしがはじまっていた。

朝日を浴びる自身番の腰高障子は、半分開けられていた。詰めている町役が、大きくあくびするのが見えた。

「これは、早いお着きで……」

あくびをしていた家主が、目に涙を溜めていった。

「やつはおとなしくしていたか?」

「しばらく怒鳴り散らしていましたが、誰も相手しないので、そのうち鼾をかいて……」

「おい、なにか食い物をよこせ」

奥の間から蛭間の声がした。自身番には町役連中が詰める部屋の奥に、三畳ほどの板敷きがあり、そこに容疑者をつなぎ止める鉄の輪が壁に打ち込まれている。

「それから水だ」

蛭間はふてぶてしいことをいう。

「どうされます? 調べをはじめますか?」

家主は蛭間にはかまわず、菊之助に伺いを立てた。

「いや、調べは八丁堀の役目だ」

「それならお茶でも……」

家主は茶を淹れてくれた。

自身番にいるのは家主、書役《かきやく》、番人の三人だ。彼らはそれぞれ交替で詰めている。

待つこともなく、小者の寛二郎を連れた秀蔵が颯爽《さっそう》と現れた。

「よくぞ捕まえた」

秀蔵は挨拶も抜きで、菊之助を褒めた。そのままさっと雪駄《せった》を脱ぎ捨て、畳部屋に入るなり、奥の板の間の障子を引き開けた。

壁にもたれ足を投げ出していた蛭間が、びくっと肩を動かして秀蔵を見た。秀蔵はにらみを利かして眺め下ろす。

「てめえが蛭間清五郎か？」

「……さようで……」

蛭間は気後れした返事をした。

秀蔵がそのましゃがみ込んで、蛭間の頬をぺたぺたと、数度撫でるようにたたけば、蛭間は避けるように頭を後ろに動かして、ごつんと壁にぶつけた。

「おれのいうことに正直に答えてくれりゃ、悪いようにはしねえ。だが、それが嘘だとわかった暁には、てめえの首はこうだ……」

秀蔵は手刀で、すうっと、蛭間の首を斬る真似をした。

とたんに蛭間の顔色が変わった。

「わかったな」

「へえ」

完全に蛭間は呑まれていた。

「書役、これからこやつがいうことを一言残らず書き取るんだ」

自身番詰めの書役が、文机《ふづくえ》の前であらたまった。口書き(供述書)取りは大事な役目だ。

秀蔵は居酒屋「よし」で事件のあった二月二十二日のことから詳しく訊問《じんもん》していった。

蛭間は素直に話をしていったが、殺しについては否定した。

「てめえは殺された女将に、あとで泣き面かくなとか、店をつぶしてやる、生かしておかねえなどといったらしいな」

「……それは売り言葉に買い言葉でして、そんなつもりでいったんじゃありません」

「そうかい。まあそういうこともあろうが……」

一呼吸入れるためか、秀蔵は框《かまち》に腰掛けている菊之助をちらりと見やり、

「おい、おれにも茶を淹れてくれ」

と、番人にいいつけた。それからまた、訊問を再開した。

「それじゃ聞くが、てめえともうひとり坂入ってやつがいたな」

「やつは斬られました」

「斬られた……？」

秀蔵は目を細めた。その疑問には菊之助が答えた。

「そいつと、もうひとりの坂入は、西川新十郎という浪人の懐中の金を盗んでいやがった。なんでも十三両らしい。それに気づいた西川が二人を捜して、坂入を斬ったのだ」

「おい、その西川って野郎の金を盗んだってのは本当かい？」

蛭間は、もじもじして答えた。

「……そ、その盗んだんじゃなくて、ちょいと借りるつもりだったんです」

「いい加減なことぬかすんじゃねえ」

秀蔵は厳しい口調でいって、蛭間をにらみ、言葉を重ねる。

「盗んだのだな」

「……は、はい」

ぺしっ。

いきなり秀蔵は、蛭間の頬をはたいた。その頬がみるみるうちに赤くなった。

「そのことはあとでたっぷり聞くとして、まずはよしの一件だ。おまえはよしを出たあとどこへ行った？」

「面白くなかったんで、そのまま宮益坂《みやますざか》の岡場所に行きました」

宮益坂――。渋谷宮益町にある小さな花町だ。「よし」から半里もない。歩いても小半刻（三十分）とかからない場所だ。

「なんという店で、なんという女郎を買った」

「いつも同じ松吉《まつきち》という女です。店はよもぎ屋といいます」

「嘘じゃねえな」

「嘘じゃありませんよ」

秀蔵は急に腰を上げて、菊之助のところへ来た。

「寛二郎、あやつに縄を打っておけ。もう一度大番屋で調べ直す」

そう指図して菊之助を表にうながした。

「あいつはやってねえかもしれねえ。となると、中村又右衛門があやしいってことになる」

菊之助はそばにいる次郎が顔をこわばらせたのを見た。

「中村のほうはどうなっている？」

「旅に出ているらしいから、帰ってくるのを待つしかない」

菊之助はとぼけた。

「旅だと……」

秀蔵は眉宇をひそめた。

「逃げてるんじゃあるめえな。どこへ行ったか聞いてるか？」

「それが妻女にも娘にもわからないらしい」

「あやしいな……」

秀蔵はつるりと顎を撫でてつづけた。

「女将のおよしは包丁で胸を刺されていた。店に最後まで残っていた客は中村だ。それにやつは相当酔っていたらしい。目を覚まして、およしを見て男心が疼《うず》いたと考えることもできる。だが、やつはおよしに抵抗されて、事を果たすことができなかった。それでカッとなり、包丁をつかんで刺した」

「それは勝手な推測だろう」

「考えられないことではない。そうじゃないか？」

「まあ……」

菊之助はちらりと次郎を見た。ふるえだしそうな顔をしていた。目で、しっかりしろといい聞かせるが、通じたかどうかわからない。

「だが、中村は侍だ。包丁を使って人を殺めるだろうか。その晩着ていた着物にも返り血はついていないのだ」

「刀は客間に置いたままだったんだろう。取りに行くのが面倒なので、すぐそばの板場にある包丁を使ったんだ。返り血もうまく工夫すれば浴びなくてすむ」

「酔っていてそんな落ち着いたことができるかな……」

「なんだ菊之助、てめえは中村はやっていないというのか？」

「そうじゃないが、どうもしっくり来ないんだ」

「しっくりもがっくりもねえ。中村を捜すんだ。何がなんでも引っ捕らえろ。話はそれからだ」

秀蔵は語気強くいう。

「あ、あの旦那……」

次郎が言葉を挟んだ。

なんだ、と、秀蔵が不機嫌そうな目を向けた。

「昨日よしの隣で聞いたことなんですが……」

次郎は履物屋・福屋の主が、あやしい男の影を見たといったことを告げた。

「女でなく男だったそうです。それも侍じゃなかったようだと……」

「ほんとか、それは聞き捨てならねえな。ふむ……しかし……」

秀蔵はゆっくり顎を撫でて、しばらく空を見ていた。それからまた菊之助と次郎に顔を戻した。

「おれは蛭間の調べをやる。おまえらは中村又右衛門をなんとしてでも見つけるんだ。それから、今の話だが、もう一度よしの近くをあたってくれ。また、何か出てくるかもしれねえ」

菊之助は次郎を見た。秀蔵のことがよほど怖いのか、怯《おび》えた顔をしていた。

「それじゃ頼んだぜ」

秀蔵は菊之助の肩を、ぽんとたたいて自身番のなかに戻った。

ふうと、次郎が大きなため息をついた。

第五章　片思い

一

「菊さん、黙っていいんですか？」

次郎は自身番を離れるなり、不安そうな顔を菊之助に向けた。

「池田さんのことか？」

「あの人は中村又右衛門じゃないですか」

「……」

「横山の旦那が捕まえろといってるんです。あの人が潔白なら、堂々と横山の旦那の調べを受ければいいじゃないですか」

「もっともだ」

「だったら、なぜ黙ってるんです。あの人を庇ってなんの得があります」

菊之助は和泉橋の途中で足を止めた。欄干に手をつき、下を流れる神田川を眺めた。陽光にきらめく水面が、新緑の若葉をつけた岸辺の柳を映していた。

「次郎、おまえと同じようなことを娘の春枝さんもいっている。潔白なら調べを受けてきちんと話せと……」

次郎が顔を向けてきた。

「池田さんは自分が疑われていることを、よくわかっている。自分で下手人捜しをしようとしているのは、あの人の持つ武士としての威信だろう。自分に向けられている疑惑を、潔癖な精神が許せないのだ」

「潔白ならちゃんと話せば、それで終わりじゃないですか」

「そうはいかぬ。真の下手人が捕まるまで、あの人は自分が疑われつづけるということをわかっている。下手をすれば軟禁されるだろう。そうなれば、下手人捜しができなくなる。現に、あの人は酔っていたときのことを、おぼろに思い出し、坂入と蛭間のことに気づいた。これからも何か思い出すかもしれない」

「おいらにはわからねえ。思い出したことも、町方の旦那たちに話せば、それを調べるじゃないですか。どっちにしろ同じことだと思いますけど」

「同じゃない。今もいっただろう。武士の威信があるのだ。いや、おれにもおまえにもわからない人間の気高さかもしれない。あの人はそれを屈辱的なほどに汚《けが》されたのだ」

「なぜ、そうだといえるんです？」

次郎はめずらしく反論してきた。菊之助は次郎に正対した。

「……あの人の目だ。わたしは刀研ぎを頼まれたとき、あの人の一途な目を見て、断り切れなかった。裏には何か深いわけがあると感じていた。そして……」

菊之助は研ぎ上がった刀を届けに行ったとき、又右衛門と娘・春枝が交わしていた言葉を立ち聞きしたことを話した。

「たしかに、町方にまかせればすむことだ。だが、あの人はそれを嫌って家を出ている。無実だからこそ、自分で身の証を立てるためにそうしている。その心意気を買ってもよいではないか」

「菊さんの勝手だ」

次郎は吐き捨てた。

「だが、それだけではない。秀蔵があの人を捕らえれば、あいつのことだからかなりきつい訊問をするはずだ。御番所は本来旗本を調べることはできない。調べるにはそれなりの手続きを要す。それを省いた挙げ句、池田こと中村又右衛門さんが潔白だった場合、どうなるだろうか……」

「……」

「池田さんは隠居の身とはいえ、禄高六百石の大旗本、元は小姓組の組頭を務められた方、黙ってはおられまい。最悪、秀蔵は厳しい謹慎を受けるだろう。そうならなくとも、秀蔵の前途に暗い影が差すことになる」

「でも、旦那もそのぐらいのことはわきまえておられるんじゃ……」

「やつは優秀な八丁堀同心だろう。御番所で嘱望《しよくぼう》されている人物だということも知っている。だが、人は傍《はた》から見ればわかるのに、自分で気づかないことがある。……とくに自分を過信し驕《おご》っているときには……」

「横山の旦那が……そんなふうには見えないけど……」

「あいつとは幼いときからの付き合いだ。やつに見えずともおれには見えることもある」

「……」

「人間、図に乗ると、自分の足許が見えなくなるときがある。常に謙虚さを持ち合わせるのは難しいことだが、それに気づいてやるのも友としての務めじゃないか……」

菊之助は川面を流れる一枚の木の葉を目で追った。

「菊さん、おいらは……」

次郎がきらきら澄んだ瞳を向けてきた。もう一度、おいらは、といった。

「なんだ？」

「おいらは間抜けだ。そこまで考えることができないから……」

「そうじゃない。おまえは間抜けじゃない。まだ、若いだけだ。そのうちわかるときが来る。ともかくおれは池田さんに蛭間のことを話さなければならない。おまえは先に広尾町に行ってくれるか。用がすんだらおれもすぐに向かう」

「へい」

返事をした次郎は、数歩行ってからすぐに振り返った。

「菊さん、おいらはやっぱ菊さんにはかなわねえや」

「なにいってやがる。さあ、早く行け」

次郎は嬉しそうな笑みを浮かべて、背中を向けた。

二

菊之助と別れた次郎の足取りは軽かった。

ひとりでの聞き込みはもう慣れていたが、渋谷広尾町は決して近いところではない。普段なら気乗りしない距離だ。しかし、今回にかぎって密やかな楽しみがあった。もちろんおさちに会えるということだ。聞き込みとなれば、大義名分が立つし、あやしまれもしない。もっともおさちは、いつまでも事件のことに振りまわされたくないであろうが、次郎はこの機を大事にしたかった。

町屋を抜け日本橋北の通りに出て、そのまま室町《むろまち》三丁目から日本橋に向かう。往来の両側にあるのは間口の広い店ばかりだ。元気のいい奉公人たちが、愛想よく客を迎え、また腰を低くして客を送り出していた。

日本橋を渡ると、また違った華やかさがある。着飾った町娘や見るからに御武家の娘と思われる若い女たちを見かけるからだ。

この通りを歩くたびに、そんな女たちに目を奪われる次郎ではあるが、今はそんな娘たちのことはあまり気にならなかった。

瞼の裏に浮かぶのは、おさちのあの可憐な顔である。しかし、その前にやることをやらなければならないと、そこは生真面目に考える次郎であった。

次郎は人波を縫うようにして、足を急がせた。

南伝馬町二丁目を過ぎたときだった。すれ違った女に、ふと気を取られた。すぐにその女を振り返ったが、目の前の人通りが邪魔をしてよくたしかめることができない。しかし、人波の間に女の姿が見え隠れする。その後ろ姿がおさちに似ていた。

立ち止まった次郎はよく目を凝らした。やはり、おさちのような気がする。

今日も友達に会いに来たのか……? 仲違いをしたようなことをいっていたから、今日は仲直りしようと思っているのかもしれない。

ともかく追いかけてみた。人を押し分けてしばらく行くと、件《くだん》の女が見えた。

路考茶の振袖に斜め模様の帯……島田に結った髷も同じだ。もうすぐ声をかけられそうなところまで近づいたとき、その女がちらりと背後を振り返った。次郎に気づいた素振りはなかったが、やはりおさちだった。

次郎は急に胸の高鳴りを覚えた。

おさちは通三丁目の高松屋のそばに行くと、急に足をゆるめた。

次郎はいつでも声をかけられるところにいたが、しばらく見守ることにした。友達が誰であるか知りたかったし、もしやそれは男ではないかという疑念も少なからずあった。

おさちは高松屋の前をゆっくり通り過ぎたが、その視線は暖簾の奥に向けられていた。

それから先の路地を折れて店の裏通りにまわった。

そこには高松屋の勝手口があり、奉公している女中の出入りが見られた。おさちがそのひとりに声をかけると、気づいた女中が懐かしそうな笑みを浮かべて近寄った。

おさちが短く何かを告げると、女中は悪戯《いたずら》好きの少女がよく見せる笑みを残して、

「それじゃ、すぐ呼んでくるから」

そういって店のなかに消えた。

おさちは胸を押さえたり、髷をいじったりして勝手口の前で待っていた。しばらくすると、ひとりの男が出てきた。

次郎は天水桶の陰に隠れてその様子を窺った。やはり男だったかという、落胆と嫉妬《しっと》がない交ぜになった。男は小袖に前掛けをして、羽織を着ていた。どうやら手代のようだ。色白のすっきりした顔立ちで、いかにももてそうな男だ。

おさちは何度か頭を下げて、手代に必死の訴えをしているようだった。やり取りを聞きたかったが、声をひそめているのでよく聞こえない。

手代は明らかに迷惑そうで、しきりに店のほうを気にしていた。

「もう一度だけ話をさせてください」

おさちが声を張った。すぐにシッと、手代が唇に指を立てて首を振る。次郎は眉をひそめた。

「今度、今度って、どうして急にそんなふうに冷たいことをいうんです」

おさちは感情が高ぶっているのか声を抑えられないようだ。手代はそれに対して、短く

言葉を返した。おさちがそのことで、しょんぼりとうなだれた。

それから手代はおさちをいたわるように、やさしくその肩をたたいた。おさちが顔を上げる。その目は相手をいとおしんでいた。次郎の胸が違う感情で熱くなり、顔がこわばった。手代はまた何か短くいって、今度は店に戻った。明らかにおさちを突き放したことが見てとれた。

裏の通りに取り残されたおさちは、悲嘆に暮れた顔で、しばらくぼんやりしていた。次郎はどうしようか迷った。今出て行くのは、間が悪いような気がする。その反面、声をかけて励ましてやりたいという気持ちもあった。

だが、おさちは次郎が決断する前に歩き出し、しばらくすると、何かを吹っ切るように駆け出した。

「おさち……」

自然に次郎の足は動いていた。

おさちの姿が右に折れて見えなくなった。次郎は追いかけたが、角を曲がったときは通町の人波が見えるだけだった。急いで表通りに出たが、おさちの姿はなかった。右に行ったのか左に行ったのか……。

往来が激しいので、人混《ご》みにまぎれてしまえば、見つけるのは容易ではなかった。それでも捜してみたが、おさちを見つけることはできなかった。あきらめた次郎は高松屋の前で立ち止まった。薬種問屋として押しも押されもせぬ大店だ。

暖簾越しに店のなかの様子が垣間見え、つい今しがたおさちとやり取りをしてた手代の姿があった。帳場横で番頭に何かをいわれ、手帳片手に薬箱をあらためはじめた。

と、暖簾をくぐって若い丁稚《でっち》が出てきた。

「ちょいと聞くが……」

声をかけると、丁稚が愛想のいい顔を振り向けた。

「なんでございましょう」

「あそこで薬箱を数えてる手代がいるな」

「栄太郎《えいたろう》さんでございますか。何か御用で？」

「いや、感じのいい応対をするから感心していたんだ」

そうか、栄太郎というのか、と次郎は心中でつぶやいた。

「お客様の誰もが栄太郎さんのことをお褒めになります。わたしもお手本にして見習っているところでございます」

「商売は客が一番だからな。それじゃごめんよ」

高松屋を離れた次郎は、脇目もふらず歩き出した。

さっきと違う感情が胸の内にあり、表情が険しくなっていた。おそらくおさちはあの栄太郎という手代に惚れているのだ。だが、栄太郎はそうじゃない。渋谷広尾町をめざす次郎の目には、嫉妬の炎が燃えさかっていた。

三

倉内幸之助は朝から待ちつづけていた。

そこは第六天社《だいろくてんしゃ》という小さな神社の石段だった。春枝が前の道を通るのはわかっていた。買い物に行くにも、近くの畑に通うにもその道を通らなければならない。

さっき、春枝の家をそれとなく見てきたが、春枝は庭の隅に作られた菜園の手入れをしているところだった。作業はすぐに終わるはずだ。いずれ、春枝は家を出てくる。

幸之助は足許の石を拾って、放り投げ、頭上で枝を張っている銀杏《いちょう》の木を眺め、目を厳しくした。

春枝のことをしばし頭の隅に追いやって、西川新十郎の顔を思い浮かべた。恥をかかされたまま、引き下がっているわけにはいかない。一度ならず二度も恥をかいたのだ。三度はあってはならない。つぎに会ったときには……。

くっと、奥歯を噛んだ幸之助は春枝の家につづく一本道に視線を戻した。どこかで鴉《からす》が鳴いていた。まるで自分を嘲笑《あざわら》っているような気がして腹立たしかった。

「鳴くんじゃない、鴉」

鴉に八つ当たりしても詮無《せんな》いことだったが、そうせずにはいられなかった。幸之助はいつもの癖で、爪を噛んだ。

と、そのとき、道の先に人が現れた。たしかめるまでもなく、幸之助には春枝だとわかり、嬉しそうに小鼻をふくらませた。

さっと立ち上がると、道に出た。野良着姿の春枝の足が止まった。

「春枝さん……」

幸之助は親しげな笑みを浮かべて近づいた。

「なんのご用です？」

「つれないことを……」

「幸之助さん、何度申せばわかっていただけるのです」

「わたしはあきらめない。……決してあきらめないと申したではありませんか」

「………」

春枝はにらむように見てくる。

「あなたの怒った顔も、わたしは好きだ」

幸之助はにっこり笑ってみせた。

「もう、会いたくないと申したではありませんか。それなのに、なぜそうまでしつこくなさるのです。わたしにはその気がないのですから、いい加減あきらめてくれませんか」

「後生だからそんなことは……しかし、もうそれにも慣れました。ここでわたしが引き下がれば一生後悔することになります」

「どういうことです？」

「わたしは知っております。あなたのお父上が疑われているということを……」

春枝はきれいな柳眉《りゅうび》をひそめた。

「この先にあった居酒屋の女将が殺された夜、あなたのお父上がその店にいたといいます。最後まで残っていたと。そしてその晩、女将が何者かに殺された……」

「何をおっしゃりたいの？　まさか下手人を知っているとでもいいたいのですか？」

「知ってるかもしれない」

春枝の目が驚いたように見開かれた。

「どういうことです？」

幸之助はそれには答えず、道端にある梅の枝を手折《たお》った。花はすでに散っており、小さな若い実がついていた。

「……中村家には跡取りがなければなりません。無論そんなことはわたしがいうまでもなく、春枝さんもわかっているとは思いますが、よく考えてください」

幸之助はくるっと振り返って、春枝を見た。

「お父上は婿を取ろうと考えておられる。そんな話は幾度か出ているはずです。しかし、見も知らぬ男を婿として迎えることが春枝さんに許せますか？」

「……」

「春枝さんは許せないはずだ。わたしにはよくわかっている」

「……」

「そんなことをいうわたしは部屋住みとはいえ、れっきとした旗本の次男坊。相手に不足はないと思いますし、少なからず春枝さんはわたしのことを知っている。春枝さんが心を開いてくれさえすれば、幸せは目の前にあるのです」

「それは幸之助さんの勝手な思い込みです」

「いいえ、そうではありません。好きでもない男を婿に取るよりは、自分のことをひたすら愛してくれる男を取ったほうが、いかに幸せになれるか考えるまでもないでしょう」

そういう幸之助は今日はこの辺でいいだろうと、胸の内で思った。しつこいのはわかっているが、口説く術《すべ》はもう使い果たしている。あとは自分の誠意をわかってもらうために、あせらず時間をかけようと考えていた。

「自分の幸せは自分で考えます」

「もちろんです。わたしもそう思います。ただ、わたしの思いだけはわかってもらえますよね」

幸之助はじっと春枝の瞳を見つめた。春枝は何も答えなかった。

「ともかく今日はここで失礼します」

幸之助は軽く会釈をすると、くるっときびすを返した。ところが、

「幸之助さん、待って」

と、すぐに引き止められた。

振り返ると、春枝が近づいてきた。

「さっき、よしの女将殺しの下手人を知っているようなことをいわれましたね。本当ですか？」

春枝は黒い瞳をきらきら輝かせた。

「心当たりでもおありなのですか？」

「あるかもしれない。もし……」

「なんでしょう?」

「わたしがその下手人を捕まえたら、わたしの望みを叶えてもらえますか?」

春枝は視線をそらして、しばらく思案に耽《ふけ》った。それからゆっくり顔を戻し、

「もし、そんなことができたら考えます」

と、真剣な目をしていった。

「約束ですよ」

春枝は小さくうなずいた。

さっと背を向けた幸之助は、軽く唇を嚙んだ。その場で押し倒して、あの赤い濡れたような唇に、自分の唇を重ねたいが、それができない。たとえ、それができたとしても、春枝に嫌悪されるだけだ。今は春枝の気持ちをいかにこっちに惹《ひ》きつけるべきか、それが大切なのだ。あせることはない、と幸之助は自分にいい聞かせた。

表通りに出てしばらく行ったとき、前から歩いてくる男を見て幸之助は足を止めた。股引《ももひき》に小袖を尻端折りしている男だった。新十郎と揉めているときに仲裁に入ってきた御用聞きの連れだ。それも一度ならず、二度も……。

先方も気づいたらしく、幸之助を認めると頰に笑みを浮かべ近づいてきた。

四

「これは倉内さん」

次郎は幸之助を認めると、気安く声をかけた。出てきた道から察するに、あきらめも悪くまた春枝のところに行ってきたのだろう。

「なんだ、まだ例の調べをやっているのか？」

「へえ、なかなか下手人に辿り着きませんで、往生しております」

互いに年は変わらないだろうが、相手が武士だから次郎はへりくだっていう。

「それで捕まえられそうなのかい？」

「なんとしても捕まえなきゃならないんですが、思うようにはいきません」

「そりゃそうだろう。人を殺しての物盗《と》りだ。外道もそう馬鹿じゃないだろうからな」

そういって行きかけた幸之助を、次郎は慌てて引き止めた。

「ちょっとお訊ねしますが、倉内さんはこの町には度々やって見えるんでしょうか？」

「度々ということではないが……」

「少し話ができませんか？」

次郎は幸之助を探るように見た。

「まあ、少しならよかろう」

二人は近くの茶店の縁台に腰をおろした。竹竿の先に吊された手拭い看板が、風に揺れている。

「名はなんと申す？」

茶が届けられると、幸之助が先に口を開いた。

「次郎と申します。南町の臨時廻り同心・横山様の指図を受けているものです」

「次郎か……」

「暇なときは箒を売り歩いておりますが、実家は本所尾上町の瀬戸物屋です。次男坊なので、店を継ぐことができませんから、まあ、そんなことはどうでもいいんですけどね」

次郎は照れたように含み笑いをした。

「おまえも次男坊か。かくいうわたしも次男だ」

「それじゃ部屋住みで……おっと失礼しました。どうもおいらの口は締まりが悪くて」

次郎は自分の頭をぽかりとやった。部屋住みとは家督を継げない、親がかりの身分で、おおかた次男以下のものを指す。

「気にすることはない。いずれわたしは婿養子に入るしかないのだ。自分で役職に就く気もないし……」

幸之助は気弱なことをいう。

「それじゃ春枝さんの家に……」

「それが一番なのだろうが……なかなか……」

「会って来たんですか？」

幸之助はじろりと、次郎を咎《とが》めるように見た。

「そんな話をするために、呼び止めたのではなかろう。用件はなんだ？」

「へえ、そうでした。例の殺しのことです。疑わしい野郎を見なかったかどうかってことです。下手人はよしのことを少なからず知っていた男ですし、現に夜遅くよしを訪ねる男が何度か見られているんです」

「男が……それは店が開いているときということか？」

「いいえ、夜中ですから店が終わったあとです」

「たしかに男だったのだろうか……」

幸之助は、どこか遠くを見ながらつぶやく。生まれのよさを表すように、色白で端整な顔立ちだ。

「女というのは考えられないのか？」

「女……。いや、あやしげな影を見たものは男といっているんで……」

「あやしげな影……それじゃはっきり男だと決めつけるわけにはまいらぬのではないか。その影を見たものは、女を男と見間違っているのかもしれぬ」

次郎は、はっとなった。それはあり得ることだ。

「倉内さん、なぜ女だと……？」

幸之助が静かに顔を向けてくる。

「わたしはあの店に行ったことはないが、女将と女がいい合っているのを見たことがある」

「それは誰です？」

「わからぬ。だが、尋常ではなかった」

「それはいつのことです？」

「もう二月《ふた》か三月《み》前だっただろう。さして気にも留めなかったので、はっきりとはわからぬ。しかし、それは一度ならず二度ばかり見ている。いや、見ているのではないな。最初は見たが、つぎはいがみ合う声を聞いただけだ。気の高ぶった女の声は大きいからな」

「その声はどこで？」

「あの店だ。店のなかでやり合っていた。まだ店が開いていない夕暮れ時分だったから、女将の相手は女中だったのかもしれぬ……」

次郎は空に浮かぶ一片の雲を見た。綿菓子を引きちぎったような雲だった。

女中はおさちしかいない。まさか、おさちが……。

次郎は表情をなくした。黙っていると、幸之助が言葉を継いだ。

「わたしはその女を捜してみようと思うのだ。それに、春枝さんの父上が下手人の嫌疑をかけられているのが気に食わぬ。小姓組の組頭を勤めあげられた方だ。そんな方がよもや町の飲み屋の女将を殺めるなど、とても考えられぬ」

「下手人捜しをされるとおっしゃるんで……」

「これはわたしの将来にも関わること。中村家の当主が疑いをかけられたままでは、黙っておれぬからな」

幸之助はすっかり中村家の婿養子に入る気でいるようだ。

「しかし、それは……」

「下手人を捜すのはわたしの勝手だ。駄目だとはいわせぬ。それからもうひとつ聞きたいことがある」

「なんです？」

「西川新十郎という不逞な浪人を見なかったか？」

「さあ、それはわかりません」

「会ったらあのものと決着をつけねばならぬ。もし、見かけたら教えてくれ。わたしはときどきこのあたりをうろついておる。それでは頼んだ」

幸之助はさっと立ち上がると、あとは見向きもせずに歩き去った。

次郎はその後ろ姿を見ながら、いやな胸騒ぎを覚えずにはいられなかった。下手人が男だと決めつけるのは早計だ。

もう一度そのことをたしかめに、例の履物屋に行って聞こうと思った。


「さあ、男だったように思うのですがねえ」

履物屋・福屋の主は、次郎の問いかけにそう応じた。

「だけど、暗がりで顔もよく見えなかったんじゃありませんか？」

「へえ、たしかに……しかし、そういわれると刀を差しているのを見落としているかもしれないし、女だったといわれれば、そんな気もしてくるし……」

なんとも心許ない返答に、次郎は苛立《いらだ》った。

「福屋さん、ようく思い出してくださいよ。人ひとりの命がかかってるんですからね」

「そういわれると、何だか下手なことはいえないな」

主は額に数本のしわを走らせ、ハタキで自分の膝のあたりをたたく。

「はあ、どうだったかな」

今度は救いを求めるように、帳場に座って芋《いも》を頬張っている自分の古女房を見た。

「旦那さんは、何度も見たんでしたね」

「へえ、三、四回ね」

「それで侍でもなく女でもない、その辺の町の男だったといったじゃありませんか」

「そう思っていたんだよ。だけど、あらためて聞かれると、何だか違うような気もするしね。女だったかもしれない。何せ、こっちは半分寝ぼけていたんだから……」

もし、それが女だとすれば、まっ先におさちに疑いの目が向けられる。もっとも、おさちのことはすでに調べが終わっており、疑いなしとなっているのだが……。

「よしの女将がある女といい争っていたのを見たという人がいますが、旦那さんはどうです？」

念のために聞いたが、主はそれは見たことがないという。芋を頬張っていた女将にも聞いたが、同じ答えが返ってきただけだった。

次郎は「よし」の隣にあるもう一軒の小間物屋にも、同じ聞き込みをしたが、こちらは何も気づいていなかった。近所付き合いもうまくいっていたと、前に聞き込んだときと同じ言葉が返ってきた。

それから通りを挟んだ向こう側の店にも、同じ聞き込みをしたが、結果は同じだった。

次郎は通りを眺めた。近くの百姓が大八車を引いてゆき、編笠を被った武士が二人の供を連れて、渋谷川のほうへ歩き去った。

「おさち……」

つぶやいた次郎はおさちの家に向かった。

五

南部美濃守屋敷の脇道から麻布広尾町を抜け、龍川《たつかわ》に架かる広尾橋を渡ったとき、目の前に懐手をした浪人がぶらりと、道を塞《ふさ》ぐように立った。

菊之助は急がせていた足をゆるめ、やがてその浪人の前で立ち止まった。

「御用聞き」

先に口を開いたのは、西川新十郎だった。

「よく会うな。だが、いいところで会った」

「なんだ?」

新十郎はくぼんだ目を光らせた。

「貴公が追っていた蛭間は捕縛された」

「なんだと！」

「もはや捜すことはない。今厳しい調べを受けているところだ。あのものが、下手人であればもはや貴公の出る幕はない」

「それじゃおれの金はどうなる？」

「御番所に訴えることだ。蛭間は自分の金を盗んでいるとな……」

「それでおれの金は返ってくるか？」

「さあ、それはわからぬ。蛭間が持っていれば返ってくるかもしれぬ。だが、坂入からは金を取り返したのではないか……」

「あれでは足りぬのだ。くそ、面倒なことに……」

新十郎は無精髭をさかんにさすって、ぼやく。

「だが、番所に訴えを出せば、坂入を斬り殺したことを詮議されるだろう。坂入も蛭間も浪人ではあるが、鳥見役の下請け仕事をやっていたのだから、ことによっては貴公もただではすまされなくなるかもしれぬ」

「なんだと！　おれは何も悪いことはしておらぬのだ」

「だが、坂入を斬った」

「やつが先に斬りかかってきたからだ。おい、荒金、貴様も見ていたではないか」

たしかにそうである。もし、新十郎が町奉行所に訴えれば、菊之助自身もあれこれ面倒くさい査問を受けることになるだろう。次郎もしかりだ。さらには、又右衛門も呼び出しに応じなければならない。ゆえに、新十郎にはこのまま溜飲《りゅういん》を下げてほしい。

「どうすりゃいいんだ?」

新十郎は困惑の色を浮かべて菊之助を見た。

「潔くあきらめたらどうだ。盗まれた金の大半は取り返したのではないか?」

「しかし、それでも五、六両は足りぬ」

「訴えれば、貴公も咎めを受けることになるかもしれぬ。そのことを考えたら安いものではないか」

「それではこのまま泣き寝入りしろと申すか?」

「ときには仕方なかろう」

「くそッ」

新十郎は二間ばかりの距離を行ったり来たりした。

「おい、御用聞き。蛭間は捕まったといったが、やつはそのまま囚《とら》われの身になるのか、それとも釈放されるのか、どっちだ？」

菊之助は太陽を隠した雲を見上げた。調べをしているのは秀蔵である。もし、蛭間の証言に嘘がなく、無実だとわかれば、釈放だろう。

「……蛭間はよしの女将殺しの晩、渋谷宮益坂の岡場所にしけ込んだといった。よしを出たあとだ。それが本当であれば、おそらく釈放になるだろう」

新十郎は目を輝かせた。

「それはいつわかる？」

「さあ、今日か、明日か……いずれにしても一両日中だと思う」

「そうか、そうなればよい。まだ、おれの運は尽きてはおらぬようだ」

菊之助は眉間にしわを寄せ、妙なことをいうと、首をかしげた。

ふふっと、笑みを浮かべた新十郎は、

「今でこそおれは流浪の身だが、伊達に江戸勤番をやってきたわけじゃない。やつらが鳥見役の下役を請け負っていたことがわかったので、つてを頼って調べてみた。なんてことはねえ、市木政右衛門という鳥見役にはした金で雇われた餌撒役だ。蛭間が釈放されりゃ、住まいの長屋に戻るだろう。話はそのときにでもつけることにしよう」

「話をつける……」

菊之助は眉宇をひそめて、言葉を継いだ。

「これ以上刃傷沙汰を起こせば、お手前の身も危うくなる。……そのこと、わかっているのだろうな」

「ふふ、心配には及ばぬ。おれも無闇に人は斬りたくない。だが、それは相手の出方次第でもあるが……」

新十郎はそのまま振り返りもせず歩き去っていった。

菊之助は新十郎の後ろ姿を見送って、渋谷広尾町に足を急がせた。

雲が多くなっていたが、午後の日はまだ高い。菊之助は次郎の聞き込みに期待を寄せていた。

小半刻もせず「よし」のある渋谷広尾町に着いた。

市中と違い郊外の町屋はひっそりしている。通りをひと渡り眺めたが、次郎の姿はない。まず立ち寄ったのは、次郎が新しい証言を聞いた履物屋・福屋だった。

「あれ、さっき若い方が見えたばかりですよ」

菊之助の顔を見るなり主はそんなことをいった。

「どこへ行ったかわからぬか？」

「さあ、それは……。しかし、わたしが見たのは女ではなかったか、ひょっとすると侍だったのではないかと聞かれましてね。いやあ、わたしもそういわれるとだんだん自信がなくなりまして、そうだったかもしれないと思うようになりました。何せ、寝ぼけ眼でしたからね」

年老いた主はしょぼくれた目をまばたきさせる。

「それじゃ、侍か女だったかもしれないと……」

「かもしれません。いや、いい加減なことはいえませんので、もうご勘弁を」

主は平身低頭する。

福屋をあとにした菊之助はしばらく町屋を流し歩いたが、次郎には出会わなかった。それから裏の野道に出たとき、先の畑で仕事をしているひとりの女に気づいた。

春枝である。菊之助はそばまで行って声をかけた。畑の畝《うね》を整えていた春枝が、頬被りした顔を上げ、額の汗をぬぐった。

「これは……」

「精が出ますね」

「いえ、手入れをしないとせっかくの畑が台無しになりますので……」

「この畑もお父上の……」

「そうです。隠居の楽しみが土いじりですから……」

「そのお父上のことで少し話があります」

春枝は手拭いで首筋の汗をぬぐって、菊之助にまっすぐな視線を向けてきた。美人というのは野良着を着て、土と汗にまみれても様になる。そう思わずにいられない。

春枝は鍬《くわ》をその場に置くと、菊之助と並んで小さな土手に腰をおろした。新芽を含む草いきれが足許から立ち昇ってきた。

「じつは黙っておりましたが、お父上が池田と名を変えて、市中に住まわれていることを知っているのです」

「………」

春枝は驚いた顔を向けてきた。

「わたしの住んでおります、同じ長屋なんです」

「まっ……」

菊之助はこれまでの経緯《いきさつ》を端的に話してやった。刀研ぎを頼まれたこと、父娘の話を立ち聞きしたこと、さらには探索の経過などを――。

「それじゃ、その蛭間という男が下手人だとわかれば、父の疑いが晴れるということですね」

「そうなればよいのですが、まだわかりません。下手人は他にいるかもしれない」

菊之助は畑道にある一本の柿の木に止まった百舌《もず》を見た。

「他にも……。そうなると、父上への疑いはまだ解けないということに……」

「そうなります。いずれにしろ、お父上には下手人が捕らえられるまで、長屋から動かないように申しあげています。しかし、それも数日でしょう」

春枝の顔に不安の色がにじんだ。

「もし、蛭間が手を下していないことがわかれば、町方はお父上への追及の手を厳しくするでしょう。そうなれば、いつまでも隠れているわけにはいきません。そのときは調べを受けるように申しあげています」

「そうでございましたか。そうとは知らず、お世話をおかけいたします」

春枝は恐縮の体で頭を下げた。

「あらためてお訊ねしますが、事件のあった夜、お父上に変わった様子はありませんでしたか？　いやその明くる日でもよいのですが……」

菊之助はまばゆいばかりの春枝を見つめた。春枝も真剣な眼差《まなざ》しを向けてきた。

「……あの夜、酔って帰宅したこと自体がめずらしいことでした。しかし、それも大分醒めていました。よしという居酒屋に迷惑をかけたと、そんなことをいって、さっさと床に入っただけです。町方のお役人に、着物に返り血がついていなかったかどうか、あれこれ聞かれましたが、そんなことはありませんでした」

その着物も十分にあらためられている。また、違う着物ではないかという疑いも、又右衛門が「よし」に寄る前に、酒肴《しゅこう》をもてなされた古沢儀兵衛宅への聞き込みで、晴れていた。

「ただ、翌朝、ずいぶんと嘆いておられました」

菊之助は遠くを見る春枝の、わずかに日焼けした横顔を眺めた。

「前の日、同じ小姓組の古沢様の家に招かれていた、今井という御同輩のことを、いつまでも大人げないやつだと……父上はあまり人のことを悪くいわない人ですから、めずらしいと思ったことはあります」

「……春枝さん、天地神明にかけてもお父上の無実を信じておられますか？」

二人は短く見つめ合った。が、先に春枝が視線を外した。

「正直に申せば、疑心が浮かんだことはあります。どんなに謹厳実直な人間でも、ときには羽目を外し、とんでもないことをしてしまうことがあるはずです。父上とてそれは同じでしょう。しかし、わたしは父上を信じるほかありません」

菊之助は、陳腐な返事をよこさないこの人は、聡明な女性だと思った。

じっと見ていると、

「荒金さん、どうか力になってくださいませ。わたしからもお願いいたします」

菊之助は土下座しようとした春枝の腕をつかんだ。

「おやめください。わたしは調べるべきことを、調べるだけです」

六

おさちは朝出かけたまま、まだ帰宅していないということだった。

次郎は町屋に引き返しながら、傾きはじめた空をあおいだ。

まさか、逃げたのでは……。

そう思う心の片隅に、倉内幸之助の言葉が引っかかっていた。

——何度か女将と女がいい合っているのを見たことがある。

——女将の相手は女中だったのかもしれぬ……。

その疑念はふくらむ一方だった。

おさちだったら「よし」への出入りは容易だ。閉店後、訪ねても不審には思われない。

犯行に及ぶにはおさちほど恰好の人物はいない。しかし、おさちへの疑いは、すでに行われた調べで晴れている。

それとも、先に調べた町方に見落としがあったのか……。

次郎の疑いはそれだけではない。頭に浮かぶのはめかし込んだおさちの姿だ。百姓の娘が着るには派手な振袖に帯。それに、簪や笄《こうがい》。次郎には女の装飾品や着物がいかほどするかよくわからないが、身につけているものは安っぽくは見えなかった。

おさちにさほどの収入があるとは思えない。たとえ、裕福な農民の娘だとしても、そんな贅沢はできないはずだ。それに一度は駕籠を使って京橋から自宅に帰っている。どこにそんな金の余裕があるのだろうか……。

すると、金目当てでいがみ合っていた女将を殺したということなのか。

自分の考えに愕然《がくぜん》とした次郎は、いやな胸騒ぎを覚えずにはいられなかった。

まさか、あんな虫も殺さぬような顔をしたおさちが、人を殺めるなんて、とても信じられない。

だが、おさちはおよしの手文庫に十両が入れられていることを知っていた。

盗まれた十両の金について、菊之助に聞かれたおさちは、こう答えている。

――本当はもっと多かったか少なかったか、それはわかりませんが、女将さんはいつも十両を入れておられました。

つまり、おさちにも盗むことはできたはずだ。

町屋に差しかかったとき、

「次郎」

と声をかけられた。

西日を受けた菊之助が立っていた。

「菊さん」

「どこへ行っていた？」

「あちこち聞いてまわっていたんです」

菊之助はおさちの家のほうに視線を飛ばした。

「おさちに会ってきたのか？」

「今日は出かけているらしくて、まだ帰っておりませんでした」

「そうか。おおかた聞きまわっているようだな」

「大体のところは……」

「新たにわかったことはないか？」

次郎は少し考えた。

「とくには……」

本当は倉内幸之助から聞いたことを話すべきだろうが、次郎は躊躇《ためら》ってそう答えた。

「そうか。……池田さんにはしばらく長屋から離れないようにいっておいた。蛭間の調べも今日中には終わるだろう。やつが下手人と決まれば、池田さんはその足で家に帰ると申された」

「そうですか」

「だが、これはかりはどうなるかわからぬ。蛭間が無実なら、池田さんは窮地に追いやられる」

「そうなったらどうするんです？」

「池田さんには下手人を追う手がかりがない。これ以上逃げ隠れしていても無駄だ。自分からもう一度話をするようにいっておいた。つまり、秀蔵に話をさせるということだ」

「……それは仕方ありませんね」

「うむ。蛭間のことがある。そろそろ引きあげるか……」

次郎も蛭間の調べの結果は気になっているところだった。蛭間が下手人であれば、次郎の心配も杞憂に終わる。

空は徐々に翳りはじめていた。

「今日は池田さんといろいろ話をしたが、あの人も気苦労が絶えないようだ」

帰路につきながら菊之助が口を開いた。

「今度の件もあるが、娘の春枝さんのことも気にしておられる。家系を絶やすことはできないから、春枝さんの婿取りを進めなければならないと、頭を悩まされていた」

「まさか、倉内さんを……」

「いや、そうではないようだ。倉内幸之助のことは当然知っておられたが、眼中にはないようだ」

「それじゃ他に……」

「うむ、小姓組の小田切という方の次男坊をと望まれていた。池田さんとは朋輩で、その次男坊も文句はないそうだ。こんなことがなければ、さっさと縁談を進めるのだがと、池田さんは悔やんでおられた」

「倉内幸之助はどこの家のものなんです？」

「あれは、倉内宗右衛門《そうえもん》という小十人組の旗本の次男坊らしい。……また、あのものに出会いでもしたか？」

「いえ、見かけただけです」

とっさに嘘が口をついて出た。次郎はちくりと胸を痛めた。信頼する菊之助につく嘘はつらいが、今は幸之助が口にしたことは伏せておきたかった。

「住まいはどこなんでしょう？　ああも頻繁に通ってくるんだから、家が近いんでしょうかねえ？」

「麻布桜田町《さくらだちょう》だというから、そう遠くはないな」

次郎は菊之助が口にした町名を頭に刻んだ。幸之助にはあらためて会う必要があるかもしれない。

日はようようと翳り、二人の歩く影が長くなった。

次郎は京橋を過ぎたあたりで足を止めた。

「菊さん、おいらここで寄り道していきます」

「どこへ行く？」

「へえ、箒の仕入を頼まれている店があるんです」

「そうか、おまえも手先仕事ばかりでは大変だからな。行ってこい」

何も疑わない菊之助に、次郎はますます罪悪感を覚えた。菊之助の姿が見えなくなると、高松屋に足を向けた。

おさちがまだこの辺にいるかもしれない、と思ったからだった。しかし、おさちらしき女を見つけることはできなかった。

高松屋の裏にまわったとき、勝手口から出てくる女中がいた。風呂敷包みを抱えているので、どこかへ使いに行く途中のようだ。おさちと親しそうに話していた女だ。

次郎はあとを追って、表通りに出たところで、

「高松屋の奉公人だな」

そう声をかけると、女中はびっくりしたように目をしばたたいた。

「なに、あやしいもんじゃない。これだ……」

秀蔵から預かっている素十手を見せると、女は顔をこわばらせた。

「わたしに何か？」

「いや、おまえさんのことじゃないが、名は何という？」

「は、はい。鈴《すず》と申しますが……」

「お鈴か。聞きたいのはおまえの店の手代のことだ。栄太郎という男がいるな」

「はい、おりますが、手代さんが何か？」

「このことは、内聞に願う。ちょいと他に漏らせない調べをしているんだ」

次郎は用意していた心付けをお鈴に握らせた。それから道の端にいざなって、

「同じ店にいたおさちという女と栄太郎のことだが、あの二人はどういう関係だ？」

と、真剣な目でお鈴を見据えた。

「どういう関係だといわれましても……」

お鈴は視線を彷徨わせた。

「どうした？」

「はい、あの二人はいずれいっしょになろうと誓い合った仲です」

次郎はかっと胸を熱くした。嫉妬心で顔がこわばる。

「それじゃ恋仲というわけか……」

「でも、今はそうじゃないみたいです」

「どういうことだ？」

少しは望みが残っていると思う次郎は、目を輝かせた。

「……店のなかで色恋沙汰が起きるといけないので、おさちが店を先にやめたんです。それで、おかしくなったのかもしれませんが……」

「おかしくなった？」

「栄太郎さんは、気の多い人だから、いつかそうなるとは思っていたけど……」

そこまで話すと、あとは油紙に火がついたのと同じで、お鈴はおさちと栄太郎の恋愛話をはじめた。

栄太郎はおさちが店に来たときから目をつけていたらしく、何かと面倒を見ていた。もっとも当初は好いた惚れたの感情はなかったようだが、一年ほどすると、二人の仲は急速に深まっていった。

その気がなかったおさちも、いったん栄太郎の押しに負けてしまうと、あとは坂道を転がり落ちる小石のようなもので、日に日に栄太郎に対する思いを強くしていった。

無論、栄太郎も望んでいたことなので、おさちの気持ちを十分に受け入れるようになった。しかし、同じ店の奉公人という手前、主や番頭の目があるし、店内での色恋沙汰は御《ご》法度《はっと》でもあった。それでおさちが店をやめることになったという。

話を聞いていた次郎は、甘い恋愛話に腹を立て、また嫉妬の炎を強くもしたが、聞かずにはおれなかった。

「おさちが店をやめたあとは、栄太郎さんがあの子を訪ねたり、またあの子が近所に来たりして会っていたようですけど……」

「ようですけど、ってなんだ？」

次郎の声はとがっていた。

「その、栄太郎さんに、他に好きな人ができたんです。おさちよりずっと上の色っぽい人で、今は栄太郎さんの気持ちはそっちに移っておりまして……」

「それじゃおさちは振られたってことか……？」

「早い話が、そういうことですが、おさちはあきらめ切れないようで……栄太郎さんも、ちょっと困っておられるみたいで……」

「それじゃ、栄太郎はおさちと縁を切ろうとしているんだな」

次郎があまりにも厳しい目をしているので、お鈴は怯えたようにうなずいた。

「あの二人が何か、悪いことでも……？」

「いや、何でもねえ。いいか、このこと他言するんじゃねえぞ。わかったな」

念を押すようにいうと、お鈴は深くうなずいて、離れていった。

ひとりになった次郎は、高松屋の前に立って、暖簾の奥で働いている栄太郎を見つけると、嫉妬と憎悪の混じった目でにらんだ。

あんなやさ男におさちが振りまわされるなんて……。

胸の内で吐き捨てる次郎だが、今度は別の不安が押し寄せてきた。

おさちはどこへ行ったのだ？　まさか、あんな男に袖にされたからといって、身投げなんかしているんじゃないだろうな。大袈裟な考えだとわかっていても、だんだん心配になってきた。

人で溢れる夕刻の通りを眺める次郎は、どっちに歩き出せばよいのかと迷いつづけた。

七

「菊さん、先日はわたしも口が滑りました」

夕餉の膳を下げながらお志津がそんなことをいった。

「……なんだ?」

飯を食いながらも、事件のことに頭をめぐらしていた菊之助は、お志津を見た。

「その池田さんのことです」

と、お志津はばつが悪そうに目を伏せる。

菊之助は、あの件かと気づいた。

「なんだ、まだ気にしていたのか。もうよい。あの人も愛想が悪いから、そう思われても仕方ないだろう」

「それが長屋のおかみさん連中の見方も変わったようなんです」

「ほう、どういうふうに……」

菊之助は湯呑みをつかんだ。

「何でも知りたがるのが長屋住まいだけれど、たまには池田さんみたいな人がいてもいいというのです」

「そりゃまた急に風向きが変わったな」

「愛想が悪くても、他人のことを穿鑿《せんさく》しないんだから気が楽なんでしょう。もっとも池田さんが、自分のことを隠して、他人のことをあれこれほじくるような人だったら、別でしようが……」

「長屋の連中は、あることないこと知りたがるものたちばかりだからな」

そういって菊之助が茶を飲んだとき、戸口に声があった。

「旦那、五郎七です」

「あ、よい。わたしが出る」

菊之助は秀蔵からの連絡を待っていただけに、腰を上げかけたお志津を制して戸口に立った。戸を開けると、鉤鼻《かぎばな》の五郎七が荒い息をしていた。

「仕事場が閉まっていたんで、こっちに来たんです」

「蛭間のことだな」

「へえ。それで横山の旦那がすぐに話があるから、翁庵《おきなあん》に来てくれということです」

「それでどうだったのだ、蛭間は？」

「あっしは別のことで動いておりまして、それがよくわからないんです。ともかくお願いします」

「すぐ行く」

お志津に、出かけると一言いった菊之助は、差料をつかんでそのまま家を飛び出した。

長屋を出る前に次郎の家をのぞいたが、留守だった。

「どこをうろついてるんだか……」

次郎を放って、そのまま本材木町《ほんざいもくちょう》三丁目の蕎麦屋・翁庵に向かった。

宵の口の風は肌に気持ちよく、足を急がせても汗をかくほどでもない。秀蔵に呼び出された蕎麦屋までは、親父橋《おやじばし》、荒布橋《あらめばし》、そして江戸橋と三つの橋を渡ってゆく。

橋を渡ればあとは楓川《もみじがわ》沿いにまっすぐ進むだけだ。河岸道にはつらなる店の明かりが帯になったり筋になったりしてこぼれている。それに三味の音が流れてきたりと、風流な通りだ。

「まあ、これへ」

翁庵に入ると、いつもの奥の小上がりではなく、戸口そばの縁台に秀蔵の姿があった。客は秀蔵の連れている寛二郎と五郎七しかいなかった。

菊之助は勧められた縁台に腰掛け、

「それで、どうなった？」

「まあ、慌てるな」

と、秀蔵は蕎麦湯を飲む。それから口の端を手の甲でぬぐい、

「蛭間の野郎はやっちゃいない。やつがいったように、宮益坂の岡場所に探りを入れると、たしかにやつと連れの坂入が女を買ったことがわかった」

「それじゃ下手人は他にいるということだ」

「おまえにいわれるまでもない」

ぴしゃりといった秀蔵は、煙草盆を引き寄せ、煙管を出した。

「こうなりゃ、一番あやしいのは、姿をくらましている中村又右衛門だ」

菊之助は秀蔵の怜悧な目を見た。ここで視線を外さないほうがいいと思った。

「やつの行方はまだつかめねえか？」

「まだだ……」

「けっ、おめえってやつが、今度ばかりは頼りにならねえ。そろそろ尻尾をつかんでいると思ったんだが……」

秀蔵はがっかりしたようにいって、煙管に火をつけた。

「それで、よし界隈の聞き込みはどうなっている？　おおかたすんでいるとは思うが、何か新しい種は出てこなかったか？」

「よしの隣の履物屋の亭主が男を見たというぐらいだ」

「それは次郎から聞いた」

菊之助は黙り込んだ。

「いいか、この一件は丸ごとおれが預かっている。なんとしてでも下手人を吊し上げなきゃならねえ。中村を引っ捕らえるのは急がれるが、明日からもう一度よしの近所をあたりなおす。手先も全員そっちに向けるし、手の空いている同心に手伝わせる」

秀蔵の意気込みは相当だ。煙管を灰吹きにたたきつけて、言葉をつなぐ。

「意外や、下手人は殺されたおよしのそばにいるやつかもしれねえ。あやしいと思ったやつは徹底して調べる。もう生温《なまぬる》いことはやってられねえ」

「中村又右衛門が見つかっても、簡単に調べはできないんじゃないか」

「何をぬかす。相手が旗本だろうが、事は殺しだ。公儀目付に伺いを立てるほどの暇はねえ。それに殺されたのは居酒屋の女将だ。いちいち面倒くさい届けなどいらぬ」

「驕《おご》るな」

「なんだと！」

秀蔵は涼しげな目を吊り上げて、菊之助をにらんだ。

「おまえは力を入れすぎだ」

「それのどこが悪い」

「役所内でおまえの評判が高くなっているのは知っている。それは嬉しいことだ。だが、そんなときだからこそ、慎重になるべきじゃないか」

「何をいいたい？」

「調子づいていると、足許をすくわれかねないってことだ」

「ふん、いらぬ節介だ。おれのやり方は前から変わっちゃいねえ」

「そう思っているのは自分だけかもしれん。他人から見れば、そう映らないこともある。とくに外にいるおれからすれば、そう見える」

「なんだい菊の字、今日はおれに説教かい？　だったら事件が片づいてからにしてくれ、おまえの話を聞く暇はないんだ」

「ゆとりをなくしてどうする？」

「黙れッ！」

菊之助は動じなかったが、そばにいた五郎七と寛二郎は地蔵のように体を固めた。

「ともかくおまえは中村又右衛門を捜すんだ。いいな」

「………」

「親爺、勘定だ」

秀蔵はいつものように小粒を縁台の縁に置いた。代金を女将が拝むようにして受け取っていった。それを見てから菊之助は、立ち上がろうとする秀蔵に聞いた。

「蛭間はどうした？」

「目こぼしだ」

「ほうぼうで盗みをしているようだが、あんな雑魚《ざこ》に関わってちゃ大事な仕事ができねえだろう。たたけばいくらでも埃の出そうなやつだが、帰してやったよ」

「解き放したのか？」

「なんだ、妙に気にするな？」

「いつだ？」

「半刻（一時間）ほど前だ。やつがまだ隠していることでもあるというのか？」

「だから、いつのことだ？」

「そうじゃないが、蛭間は西川新十郎という浪人から金を盗んでいる。その西川は蛭間を許していない。ひょっとすると……」

秀蔵は気になったらしく、上げかけた腰を元に戻した。

「おい、どうした？」

さっと顔を上げた菊之助は、居ても立ってもいられなくなった。

先に立ち上がった菊之助に、今度は秀蔵が慌てた。

「蛭間のことが気になるんだ。ちょいとやつの長屋に行ってみる」

そのまま菊之助は翁庵を飛び出した。

蛭間の住む長屋に向かいながら、菊之助は今日会ったばかりの新十郎の顔を思い浮かべていた。

新十郎は、もし蛭間が釈放されれば、自分で話をつけるといった。

だが、あの男がおとなしく話をつけるとは思えない。さらに蛭間は仲のよかった坂入を新十郎に殺されているのだ。とてもおとなしい話し合いになるとは思えない。

さっきは夜風を気持ちよく思ったが、今は汗を噴き出していた。神田川を渡り、神田相生町に入ったときには、汗びっしょりだった。

蛭間の住まう甚兵衛店が近づくと、足をゆるめ呼吸を整えた。手拭いで頬と首筋の汗をぬぐって、木戸を入った。乱れていた呼吸は収まった。

だが、蛭間の家には明かりもなく戸も閉まっていた。まだ、帰っていないのか？

まわりに視線をめぐらすが、路地奥の井戸で洗い物をしているおかみの姿があるぐらいだ。菊之助は木戸口に戻り、木戸番に蛭間のことを訊ねた。

「つい今しがた待たれていた方と、出て行かれましたよ」

木戸番はのんきな顔でそんなことをいった。

「待っていたのは浪人か？」

「そんなふうに見えました」

西川新十郎だ。

「二人はどっちへ行った?」

「広小路のほうへ歩いていかれましたが……」

菊之助は脱兎のごとく駆け出した。

第六章　下手人

一

神田広小路には夜の灯火が、あちこちに見られた。夜遊びをする男女や、酔った職人たちの姿がある。菊之助は周囲に目を凝らした。

蛭間清五郎の姿も西川新十郎の姿もない。

どこだ？

二人がおとなしく話し合いをするとは思えない。人目につくところは避けるはずだ。ならば、こっちかと、菊之助は加賀原《かがっぱら》に足を向けた。

神田仲町の西側に、のちに講武所ができる空き地があった。筋違御門《すじかいごもん》の北側にある広場で、椎《しい》や欅《けやき》などの木立がある。新内《しんない》の声がどこからともなく風に運ばれてきて、それに三味の音が重なった。暗がりに目を凝らすうちに、菊之助は夜目が利くようになった。

いた——。

広場から入った椎の木立の下に、向かい合っている二つの影があった。

広場の北側と東側にある町屋の明かりが、弱々しいながらもそこに届いている。菊之助はゆっくり足を進めた。まだ、蛭間と新十郎と決まったわけではない。

だが、ほどなくして声が聞こえてきた。

「とりあえず、先に金を返してもらおうか」

「金なんざくれてやる。好きなだけ持って行くがいい。ほら……」

そういって財布を放り投げたのは蛭間である。

財布は闇のなかに放物線を描いて新十郎の足許に落ちた。

「まさか、空財布じゃないだろうな」

「そう思うんだったら、たしかめりゃいいだろう」

新十郎が用心しながら腰をかがめ財布を拾おうとした、その刹那、蛭間が刀を抜き打ちざまに撃ちかかった。

新十郎も不意の攻撃を予測していたらしく、腰を沈めたまま刀を鞘走らせた。

闇のなかで火花が散り、刃と刃が嚙み合うすさまじい音があたりに響いたと思うや、両者は、ぱっと離れて、互いに青眼の構えを取った。

「姑息で汚ねえ野郎だ」

新十郎が声を漏らせば、

「うるせえッ。よくも坂入を殺しやがったな」

と、蛭間が右に動きながら吐き捨てる。

「たわけッ！　どっちに非があるか、考えるまでもなかろう。人をいい気にさせて酔わせ、懐中の金を盗んだばかりか、飲み屋の払いもさせやがるとは、見下げるにもほどがある。挙げ句、開き直って刀を向けてくるとは、どうやら馬鹿につける薬はなさそうだ」

「ほざけッ！」

吐き捨てるなり蛭間が地を蹴って、躍り上がった。そのまま大上段から、刀を撃ち下ろす。新十郎に慌てた素振りはなく、半身をひねるなり、刀を水平に振り抜いた。

二つの影が交叉して、両者の位置が逆転した。

「やめろ！　そこまでだ！」

菊之助が駆け寄って声をかけた。

だが、二人は二間の間合いを取ったまま対峙《たいじ》している。

蛭間は中腰の中段、新十郎は脇構えだ。

「やめろ、もういい」

菊之助は新十郎の前に立った。

「邪魔をするな」

新十郎はいきなり、ビュッと刀を振って、威嚇してきた。

菊之助は身をひねってかわし、

「勝負はもうあったも同じだ。西川、刀を引け」

もう一度新十郎にいい聞かせ、今度は蛭間を見た。

「ここまでだ。貴様も刀を引くんだ」

そういったが、蛭間の様子がおかしかった。

よろっと、半歩足を踏み出すと、刀を握る柄のあたりから黒い筋が地面に落ちた。斬られていたのだ。

「おい、蛭間……」

もう一度、菊之助が呼びかけると、蛭間は刀を杖代わりにして膝をつき、そのままどうと、うつ伏せに倒れた。

菊之助は蛭間のそばに立って、新十郎を振り返った。

「仕方なかろう。おれは金を取り返しに来ただけだ。だが、こいつが斬りかかってきた」

新十郎はそういって懐紙で刀をぬぐうと、鞘に納めた。

「貴公ほどの腕があれば、斬らずとも倒すことはできたはずだ」

「そんな半端なことができるか。相手は殺すつもりでかかってきたんだ」

新十郎は財布を拾い直し、中身をたしかめた。

「チッ。やはりこんなことじゃないかと思ったが……」

そういって、手に握りしめた金は予定の金高に足りなかったようだ。

「まあしょうがねえか……」

あきらめ口調の新十郎を、菊之助は冷めた目で見た。

「……これからどうする？」

「そんなことはおぬしには関わりのないことだ。まあ、気ままにやるさ」

「……江戸に残るのか？」

「そのために国を出てきたのだ。いずれ、おぬしともどこかで会うかもしれぬが……」

新十郎は言葉を切ると、夜空を見上げ、

「さあ、行くか。御用聞き、さらばだ」

新十郎はそのまま懐手をして、闇のなかに消えていった。

残された菊之助は、もう一度蛭間の死をたしかめた。すでに息はなかった。

むなしそうに立ち上がった菊之助は、雲の向こうにおぼろに見える月を眺めた。

二

そこは三十間堀に架かる三原橋に近い小体な料理屋の二階だった。

客座敷は衝立《ついたて》で細かく仕切ってあり、燭台の明かりが点されている。

唐紙には客の影が映り込み、小さなささやき声や、ときおりおさえた色っぽいうす笑いが聞かれた。

次郎はその一間に座り、じっと握りしめた拳をふるわせていた。衝立一枚で仕切られた隣の席には、高松屋の手代・栄太郎と女がいる。女はお峰といい、会話を聞いているうちに、木挽町《こびきちょう》四丁目にある紅屋の後家というのがわかった。年は二十五、六で、見るからに男心をそそる色っぽい女だ。

「さあ栄さん、わたしにも……」

お峰が猫なで声で酌をせがむ。

「ほどほどにしておきなよ」

酌をする栄太郎の声も甘ったるい。

「あら、ほどほどにしなきゃならないのは、うん、あんたのほうじゃないのさ。……役に立たなくなったらいやじゃない」

「なんのこれしき……」

二人は楽しそうに、ふふふ、と笑い合う。

次郎は衝立を蹴り倒したい心境だった。代わりに荒々しく格子窓を引き開けた。油を流したような三十間堀に町屋の明かりが映っている。

こんな男に、あの可愛いおさちが弄《もてあそ》ばれたのだと思えば、無性に腹が立ってしようがなかった。なぜ、こんな青瓢箪《あおびょうたん》みたいな男に惚れてしまったのだと、おさちに問いたかった。そこまで考えて、そうだおさちは、どうしているのだろうかと、また心配になった。

闇に溶け合う町屋の遠くを眺めていると、また隣の席からお峰の艶っぽい声が聞こえてきた。

「……あの子とはほんとに縁を切ったんだろうね。あんたのことだから、こっそり付き合ってるんじゃないかと、気がかりでしょうがないんだよ」

「そんなことはない。ちゃんとケリはつけたよ」

「ほんとかい？」

「お峰に嘘なんかいうものか。もっとも、しつこくまだ別れたくないといっては来たが、もうわたしの心はお峰だけなんだから」

「うふっ、嬉しいことをいってくれるよ。まったく、あんたって人は……さあ……」

「こうやって二人で飲む酒は格別だ」

「ねえ、それでこの前あの子が買ってくれたという帯だけど、ありゃ結構いい値がするんだよ。よくもまあそんな金があったもんだわね」

「おまえが嫌がるから、あれは番頭さんにあげちまったよ」

「そりゃどうでもいいけど、あたしも帯がほしいわ」

「この前、簪を買ってやったばかりじゃないか。あれだって馬鹿にならないんだよ」

「わかってるわよ。……ねえ、あんたそろそろ」

「ああ、そうしようか」

栄太郎とお峰はそれからすぐに隣の間を出ていった。次郎はうつむいたまま、背後の気配がしなくなるまで、手許の盃を見つめていた。しばらくすると、下の河岸道をじゃれ合うように歩いてゆく二人の後ろ姿が見えた。

「くそッ」

次郎の心は荒れていた。盃を一息にあおると、大きく吐息をついて腰を上げた。

店を出てもまっすぐ帰る気になれず、お峰の店の近くまでいった。

お峰は半年前に亭主を亡くしており、住まいを兼ねた店に独り暮らしである。店には通いの女中が二人やってくることがわかっていた。

当然夜はひとりきりであるが、若い体をもてあましているのか、最近知り合った栄太郎を日を置かず家に引き込んでいることがわかっていた。

また、さっき盗み聞いた話から察すると、栄太郎は近々高松屋をやめ、お峰の店の手伝いをする心づもりがあるようだ。お峰はこういった。

——だけど、あんた、亭主が死んでまだ半年なんだ。あと半年はいっしょになれないよ。世間の目はうるさいからね。

栄太郎も言葉を返した。

——いわれなくてもわかっているよ。あと半年ぐらいすぐさ。それまでは通いの番頭でいいじゃないか。その間に、紅屋の商売も覚えられるだろうし……。

——でも、通いは表向きだけだよ、あんた。だって淋しいじゃないのさ……。

——わかってるよ。

思い出すだけでも虫酸《むしず》が走る。次郎は栄太郎を許せなかった。何よりおさちを弄んで、あっさり別の女に乗り換えるその性根が気に食わない。

ところが、その心の片隅には、あんな男と縁が切れてよかったという気持ちもある。おさちはおれが守ってやろうと思うのだ。

そうだ、おれがおさちを守ろう。

くっと、気持ちを固めるように唇を引き結んだとき、お峰の店の二階窓に明かりがついた。唐紙に二つの影が重なるように映り、それがゆっくり沈んでいった。

翌朝、菊之助の声で目が覚めた。

「次郎、まだ寝てるのか？」

声に飛び起きた次郎は、すぐに腰高障子を開いた。

「昨夜は遅かったようだな」

「へえ、ちょいと話が長引きまして」

「それよりこれからもう一度聞き込みだ。秀蔵が人数を増やし、徹底して渋谷広尾町の探索にかかる。おれたちもその手伝いだ」

「でも、もうあの界隈は聞くだけ聞いてありますけど……」

「秀蔵は見落としがあるという。それも一理ある。それに蛭間と坂入が下手人でなかったことがはっきりした」

「え、いつわかったんです？」

「昨日だ。蛭間の証言に嘘はなかったようだ」

「そうなんですか。ちょいと待ってください、支度しますから」

「それじゃ、池田さんの家に行ってくる」

菊之助が消えると、次郎は急いで着替えにかかった。着替えといっても、股引をはいて、小袖を引っかけるぐらいだ。

しかし、その間に別の不安が鎌首をもたげはじめていた。横山の旦那が人を増やして聞き込みをやる。すると、おさちはもう一度調べを受けるだろう。だが、その前にあの倉内幸之助の話を聞くことになったら……。

次郎は帯を締める途中で手を止めた。

おさちに疑いがかかればどうなる？　まさかとは思うが、おさちは死体の発見者であるばかりでなく、殺されたおよしと口論している疑いがある。それに昨夜、栄太郎とお峰の話を盗み聞きして、あとで思ったこともある。

おさちは高価な帯を栄太郎に贈っている。それがいくらするのかわからないが、そんなゆとりがおさちにあるかどうかだ。さらに、昨日おさちが家に帰っているかどうかもわからない。もし、おさちが下手人であるなら、逃げているかもしれない。

まさかとは思うが、妙な胸騒ぎがしてならなかった。

次郎は宙の一点を凝視したまま、途中にしていた帯を、キュッと締めた。

三

「そうであったか……」

又右衛門はがっくり肩を落とした。

「昨夜、伝えるべきだったのですが、明かりが見えませんでしたので、今朝でもいいだろうと思いまして……」

「それじゃいったい下手人は誰なのだ？」

又右衛門は膝許に落としていた視線を菊之助に向けた。

「これから町方が人を増やして、渋谷広尾町の探索にあたります。振り出しに戻った恰好ですが、御番所はこの件を一気に片づける腹づもりでしょう」

「わしはいかがすればいい？」

菊之助はしばし迷った。

「蛭間と坂入が無実であったなら、もはやわしに下手人を捜す手立ては何もない。いっそのこと面と向かって、無実を主張したほうが賢明か……」

「……」

すぐには返答できなかった。菊之助もそれがよいかどうか考えあぐねていたのだ。

「いかがだろうか？」

「……今日一日様子を見てもらえますか。指揮を執る町方は……、池田さん、いやもはや偽名はやめて、中村さん」

「うむ、それでよい。それで何だ？」

「指揮を執る同心は、中村さんに大きな疑いの目を向けています。今日、中村さんがその同心の前に出れば、手厳しい調べを受けることになります」

「もう、かまわぬ」

「そういわれると心が揺らぎますが、もし中村さんが名乗り出れば、そのぶん他の調べが遅れることになるかもしれません。これは中村さんにとっても御番所にとっても、得策ではないでしょう。やはり、今日だけ静かにしておいてもらえますか……」

又右衛門も心を迷わせているのか、しばし黙考した。

「……わかった。そなたが、そういうのであれば、わしは静かに待つことにする。だが、誓って何度もいうが、わしは潔白だ」

又右衛門は胸を張るように背筋を伸ばし、しっかりした目で菊之助を見た。

それに力強く顎を引いてうなずいた菊之助は、次郎の家に戻った。ところが、どこにも姿がない。木戸口にも井戸端にも……。

そこへひょっこり洗濯物を抱えたおそねが、家から出てきた。左官・栄吉《えいきち》の女房だ。

「おそねさん、次郎を見なかったかい？」

「次郎ちゃんなら、すっ飛んで長屋を出ていったよ。まったく元気がいいねえ」

「出ていった」

「ああ、たった今だよ」

おそねは「よいしょ、よいしょ」と、いいながら井戸端に歩いていった。

「あいつ、いったいどうしたのだ？」

木戸口に目をやった菊之助は、首を振って長屋を出た。

そのころ、次郎はすでに親父橋を渡り、照降町《てりふりちょう》を小走りに駆けていた。雨具を売る下駄屋や傘屋が店開きをしている最中だった。町屋は上がりはじめた明るい朝日に包まれていたが、次郎の胸には暗雲が広がっていた。

日本橋の町屋を縫うように抜け、京橋から早足になったり、小走りになったりして先を急いだ。

まずはおさちの所在をたしかめなければならなかったが、その前にふと倉内幸之助のことが頭をよぎった。

あいつだ。先にあいつに会うべきだ。あの男に聞き込みがなされると、おさちの存在が大きく浮かび上がることになる。その前に何とかしなければならない。次郎は、そのときあることを思いついた。

増上寺裏から麻布十番に入り、雑色《ぞうしき》を抜けて仙台坂《せんだいざか》を上った先を左に折れてゆけば、「よし」のある渋谷広尾町へ自ずと辿り着く。しかし、次郎は分かれ道を右に進んで麻布桜田町に足を向けた。

自分のやっていることは決して正しくないだろうという思いはあるが、その気持ちを抑えることができなかった。衝動に駆られて動いているだけかもしれない。そんな自覚があるのに、足は勝手に動く。

麻布桜田町にある武家地は、主に陸奥《むつ》湯長谷《ゆながや》藩（福島）内藤播磨守《ないとうはりまのかみ》屋敷の西側に位置していた。倉内幸之助の屋敷を探すのは、辻番に聞けばいいだけなので、造作《ぞうさ》なかったが、そこから先が問題である。

一介の町の御用聞きが、のこのこ旗本家を訪ねるわけにはいかない。かといって、いつ出てくるかわからない幸之助を待つわけにもいかない。

倉内家の門前を往《い》ったり来たりしながら、次郎はどうすればよいだろうかと考えあぐねた。

こうしている間にも、横山秀蔵たちは動いているはずだ。もっとも今日の目的は下手人捕縛ではなく探索なので、至急に動くことはない。おそらく手先と動員した若い同心らにあれこれ段取りをつけて、渋谷広尾町に向かうはずだ。

それまでには、まだ半刻の余裕はあると、次郎は胸算用していた。幸之助に会えば、話はすぐにすむ。あとは、おさちの家に向かうだけである。

しかし、肝腎の幸之助と会う術《すべ》を考えなければならなかった。せっかく、門前まで来たというのに、ここで足止めを食らっている。ところが天は次郎に味方しているのか、屋敷の勝手口から、幸之助が表に姿を見せたのだ。

首を左右に倒し、肩を交互にたたいて、大きく伸びをしたところで、次郎に気づいた。

「貴様、こんなところで何をやっておる？」

幸之助が声をかけてきた。羽織袴に、白足袋を雪駄に通している。

「お住まいはこちらでございましたか」

次郎は偶然通りかかったように装って、幸之助に近づいた。

「これから例の件で聞き込みに行く途中なんですが、ちょうどよかった」

「なんだ？」

幸之助は眉宇をひそめる。剃《そ》りたての月代《さかやき》と顎の髭が、青々としている。

「倉内さんは、あの西川新十郎をどうしても許せないといっておられましたね」

「ああ、許せるものか。あんな浪人に愚弄されたままでは、気がすまぬ」

幸之助は華奢《きゃしゃ》な肩を聳《そび》やかすようにしていう。

「その西川の居所がわかったんです」

「なに？」

幸之助は眉を動かして、真剣な目になった。

「鳥居坂下に〝おかめ屋〟という小さな飯屋があります。何でもお熊という婆さんがひとりで切り盛りしているらしく、西川はしばらくその店に居《い》候《そうろう》しているそうです」

「鳥居坂下の、おかめ屋だな」

「さようです。西川のことがわかったら、教えてくれと昨日おっしゃったでしょ」

「うむ、たしかにさようなことを申したな。いや、親切に教えてもらい手間が省けた。そうか、やつは鳥居坂か……」

幸之助は遠くに視線を飛ばして、目を厳しくした。

「でもあの人は腕が立ちます。手荒なことは考えないほうがいいでしょう。できれば、倉内さんの顔が立つように、うまく話をされたらどうでしょう」

「そこまで気を回さずともよい。これはわたしとあの男の問題だ。ともかく礼をいう」

「それじゃおいらはここで……」

次郎は軽く会釈をすると、幸之助に背を向けた。

早くおさちに会わなければならない。

心を急《せ》かす次郎は、また小走りになった。

四

菊之助が南町奉行所に渡るための数寄屋橋《すきやばし》の南詰めで待つ秀蔵一行と合流したのは、六つ半（午前七時）前だった。秀蔵はいつも連れて歩いている小者の寛二郎と五郎七、甚太郎の他に、日向金四郎《ひゅうがきんしろう》という若い定町廻り同心をつけていた。

金四郎にも小者ひとりと私的な手先二人がついていた。これとは別に、秀蔵は自分が飼い慣らしている岡っ引きと、その下っ引き三人を、先に渋谷広尾町に向かわせているとのことだった。

これに菊之助と次郎を入れると、総勢十四人ということになる。

数寄屋橋を出立《しゅったつ》したのは、六つ半きっかりである。空には一片の雲もない、晴れ渡った日であった。

先頭を歩く秀蔵は、いつもの八丁堀同心の身なりで、表情を引き締めているが、その颯爽たる歩き方には、町の誰もが振り返るほどだ。

ただ背が高く見栄えするだけではなく、秀蔵には自信と精力がみなぎっていた。自信はこれまでの経験と実績に裏打ちされたものに他ならない。威風堂々とした歩きにも、脂の乗りきった男ぶりが現れているが、幼いころから何もかも知っている菊之助から見れば、少し鼻につくところがある。

端的にいえば、驕ってるんじゃないよ、である。しかし、そのことを他の同行者が感じているかどうかわからないし、本人さえ気づいていないかもしれない。自信はその人間の矜持《きょうじ》につながるが、一歩間違えれば傲慢になりかねない。

一行は粛然と足を進めた。

往還脇の樹木は新緑の若葉を茂らせ、満ちあふれる光に輝いていた。

「金四郎、これへ」

麻布下から西久保《にしくぼ》を回り、飯倉《いいくら》から狸穴《まみあな》の急坂を下るところで、後方にいた金四郎を秀蔵が呼んだ。

「はい」

「やることはさっきの指図どおりであるが、他に扱わなきゃならねえ大きな事件がある。飲み屋の女将殺しにいつまでも関わっている場合じゃない。できれば今日中に片をつけたい。そのつもりでおれ」

「それはもう、よく承知しております」

「よしの客はさっき渡した書き付けにあるものばかりじゃないはずだ。馴染み客だけに目を向けるな」

「わきまえております」

「馴染み客から他の客のことを聞き出すのを忘れるな。配下のものにも、そのことをよく含ませておけ」

「はい」

秀蔵は下がる金四郎には目もくれず、歩を進める。それからしばらくして、やや後方についていた菊之助を呼んだ。

「もうおまえはいわずともわかっていると思うが、中村又右衛門の潜伏先を何としてでも割り出すのだ。妻女と娘は知らぬといっているようだが、必ずや裏でつながっているはずだ。……それから、中村の隠居する前の小姓組にも、それとなく探りを入れてある。中村と昵懇《じっこん》だった番士が何人かいる。そのものらが手を貸していることも考えられる。今日中に中村の行方がつかめなけりゃ、おれはそっちをあたることにする」

「……わかった」

菊之助は短く答えた。

「昨夜、血相変えて蛭間の長屋に行ったようだが、何かあったか？」

この件はいつ聞かれるだろうかと、菊之助は思っていた。自分からいい出そうとしていたが、その前にてきぱきと指図をする秀蔵の腰を折ることになるので、その時期を見計らっていたのだ。

「もしやと思っていたが、やはり西川新十郎という浪人が、蛭間を待っていた」

「それで……」

「蛭間は相棒の坂入を西川に斬られている。まともな話し合いなどできなかった。おれが二人を見つけたときには、決着がついていた。……蛭間は斬られた」

ふっ、と秀蔵は短く息を吐いた。

「落ち度はどっちにあった？」

「蛭間のほうだ。……あらためるか？」

菊之助は秀蔵を見た。もうそのことには触れたくないという顔をしている。

「……今さらおれの出る幕でもない」

秀蔵はこれ以上の面倒事に関わるのが煩わしいのか、別のことを口にした。

「次郎はどうした？」

「先に行っているはずだ」

そういうしかなかった。

「そうか……」

一行が渋谷広尾町に着いたのは、朝五つ（午前八時）過ぎだった。すでに日は高く昇っており、小さな町屋にある商店はいずれも店を開けていた。閉まっているのは、借り手を探す貼り紙を打ちつけた「よし」だけである。

町は市中と違い、格段に人の姿が少ない。商店にものんびりした雰囲気が漂っており、行き交う人々もどこかのどかだ。それに輪をかけるように、百姓地から鶏の鳴き声が聞こえたりする。

しかし、その朝は、秀蔵ら一行が突如物々しく現れたことで、江戸郊外の小さな町に見えない緊張感が漂った。

秀蔵の指揮のもと、各人は四方に散っていった。指揮所代わりを兼ねた待ち合わせ場所に、「よし」のはす向かいにある水茶屋があてられた。

菊之助は秀蔵の指図どおりに、まずは中村又右衛門の屋敷を訪ねた。

庭に入ると、縁側で籠を間に母娘が向かい合っていた。菊之助に気づくと、軽く会釈をしてきた。籠のなかには蕨《わらび》が入っており、母娘はそれをより分けていたのだった。

「度々、恐れ入ります」

菊之助はそういって、ほう蕨ですかと、籠のなかをのぞき見た。

「その山でたくさん採れるんです。蕗《ふき》の薹《とう》やたらの芽も見つけることができます」

春枝がそう応じると、時枝のほうが、

「また夫のことでしょうか……」

と、不安な顔を向けてきた。

「今日は町方が人数を増やして、この界隈を調べまわっております」

母娘の顔がこわばった。

「あとで他の町方がやってきて、あれこれ訊ねると思いますが、平生《へいぜい》どおりでいてもらえますか。ご主人は今日一日長屋のほうでおとなしくされております。もし、今日新たな下手人の手がかりがつかめなければ、自ら番所に行って申し開きをされる覚悟です」

「それでは、夫がいっておりました人たちは……」

菊之助が首を振って、

「あの二人は違いました」

そう答えたとき、母娘の目に緊張が走り、一方に注がれた。菊之助が振り返ると、秀蔵が十手を肩に置いて庭に入ってくるところだった。

「ここがそうであったか……」

屋敷をひと眺めした秀蔵は、近くに来ると、

「南町の横山と申します」

そう挨拶をする秀蔵の目は、油断なく母娘を観察していた。

「此度《こたび》の騒ぎではあれこれと面倒をかけております」

「いえ、そのようなことはございません。こちらこそご厄介をかけ、申し訳なく思っております」

居ずまいを正した時枝が丁重に挨拶を返せば、春枝もそれにならった。二人とも平常心を保とうとしているようだ。

「まあ、堅苦しいことは抜きにしましょう。こちらも調べの都合で、不躾《ぶしつけ》にもお宅の殿様のことを調べさせてもらっておりますが、しばらく留守にしておられるとか……」

秀蔵はわずかな変化も見逃さないという鷹の目で、母娘を見た。

「さようでございます」

答えるのは母の時枝である。肚《はら》を据えたのか、気丈にも秀蔵を見返した。

「どこへ行っておられます？」

「そのことは何度も話してあります。事件が片づく前に行方がわからなくなるのが、どうにも解《げ》せないのですよ」

「そうでしたな。しかし、ああ、かまわないください。こちらへ、こちらへ……」

秀蔵は茶の用意をしようと腰を上げたかけた春枝を、手を上げて制した。春枝は仕方なく座り直した。

「夫は誤解を受けているようでございますが、すでに此度の件では再三にわたり、他の同心の方に申し開きは十分にしてございます。こちらの荒金様しかり……それでも何かお疑いでございましょうか？」

時枝は毅然とした目を秀蔵に向ける。

「疑わずにはいられないんですよ」

秀蔵は少し語調を強め、家のなかを探るように見て、時枝と春枝に視線を戻した。

「そうでしょう。下手人があがっているならまだしも、事が片づいていないのに、行方がわからなくなった。しかも、大事な家族もその家の当主がどこへ行ったかわからないと申される。……誰が考えたっておかしい、そう思われませんか？」

「……」

「当然、下手人ではないかと疑いを持たれても致し方ない。もっとも、これまでの調べでは、何の決め手もありませんが、疑いがすっかり解けているわけではない。奥様、町奉行所を甘く見ないでください」

秀蔵は断りもなく縁側に腰を据え、時枝をにらむように見る。時枝の顔色がわずかに変わった。明らかに目が狼狽した。

「……殿様はどちらへ行かれております？　万が一のことがあれば、奥様だけでなく娘さんも同じ罪に問われかねないことになりますよ。そりゃ、こちらがれっきとした旗本家だというのは心得ております。しかし、殺されたのは町屋の女です。公儀目付でなくとも、その気になれば番所の人間だって厳しい調べができるんです」

秀蔵は遠回しに脅しにかかっている。さすが年季の入った同心は違う。

「殿様の行き先を本当はご存じなんでしょう。どちらです……？」

秀蔵は声を低め、時枝と春枝を交互に見る。

「隠しているとためになりませんよ。……わかってるんでしょうな。……なぜ、黙っておられる？」

「もう同じことを何度も申しているからです」

語調きつくいったのは春枝だった。

膝の上の手を握りしめ、キッとした目で秀蔵をにらんだ。

「……そうでしたな」

秀蔵はしばらく春枝を見つめ返してから、ここはいったん引き下がったほうがいいと考えたのか、自分の膝をたたいて立ち上がり、

「いや、お邪魔をしました」

と、軽く頭を下げて背を向けた。

菊之助は母娘を見て、小さくうなずき、これでよいと、目でいい聞かせた。気持ちが通じたのか、春枝がうなずき返したが、その目には秀蔵に向けた気丈さはなかった。

「あの二人、隠してるな」

あとを追ってきた菊之助に、秀蔵が小さくつぶやいて、つづけた。

「なぜ隠す？　下手人だからか？　それとも他にやましいことでもあるのか？」

「………」

「菊之助……まさか、おまえも何か隠してるんじゃねえだろうな」

秀蔵は鋭い。

「なぜ、そう思う？」

精いっぱいの切り返しだった。こういったとき言葉数は少ないほうがいい。

「勘だ。……だがいい、相手がそうなら今日の結果次第で、中村又右衛門のことは別の攻め手を考える」

どうやら秀蔵は、すでにその手を打っているようだ。

五

次郎はさっきから黙り込んでいるおさちを眺めつづけていた。

家には誰もおらず、二人だけである。次郎は土間の上がり框に腰をおろし、おさちは戸口脇の座敷にうなだれて座っている。

「……女将と口喧嘩したことがあった、それはたしかだな」

おさちは、こくんとうなずく。

「どういうことで、そんな喧嘩を……？」

「なぜ、そこまで話さなければならないんです？　わたしを疑っているのですか？」

おさちは泣きそうな顔をする。

次郎はそうじゃないと、思わず肩を抱きよせたい衝動に駆られるが、そうするわけにはいかない。

「いっちまうが、おいらはあんたを信じたいんだ。だからおいらには嘘をつかないで、正直に話してもらいてえ。そうでなきゃ、あんたは疑われる」

「なぜ？」

「あんたが女将と口争いしているのを、見たり聞いたりしている人がいるんだ。その人が、町方の旦那連中に、そのことを話せば当然疑いの目が向くだろう」

「でも、わたしはやっていません。わたしじゃありません」

「こんなことをいう、おいらのことは嫌いかい？」

はっとした顔で、おさちは目を瞠った。首をかしげもする。

次郎は足許を見て、もじもじした。それから思い切っていった。

「おいらは……あんたのような人が好きなんだ」

いったとたん、次郎は火を噴くように赤くなった。

「でも、あんたには好きな人がいる。高松屋の栄太郎という手代だ」

「……どうして、それを……？」

「まだ、未練があるのかい？」

おさちの疑問には答えずに、次郎はつづけた。

「あの人にはいい女ができているんだ。近いうちに店をやめて、同じ屋根の下で暮らすようだし……」

おさちは顔を張りつかせた。

まばたきを忘れたその目から、大粒の涙が溢れた。

「酷だと思うが、あんな男に惚れることはねえ。つぎからつぎへ女を乗り換える遊び人だ。どうせ、あの女も捨てられるに決まってる」

「誰です？　その女の人って？」

おさちの目に強い嫉妬の色が浮かんでいた。

次郎は、「ああ」と、胸の内で落胆の声を漏らしていた。おさちが栄太郎にたっぷり未練があることを思い知らされた。

「教えてください」

おさちが身を乗り出してきた。次郎は急に、おさちのことを憎く思った。唇を嚙んで、おさちを強くにらんだ。だが、怒ることも責めることもできない。

「相手は木挽町の紅屋の女で、お峰という。半年前に亭主を亡くした女やもめだ」

おさちは顔を凍りつかせたと思うや、いきなり台所に走っていき包丁をつかんだ。

「おい、何をする？」

「死んでやる。もう生きていても楽しいことなんかありゃしない。そんなこととはつゆ知らず……もう、死んでやる」

おさちはつかんでいる包丁をぶるぶるふるわせ、自分の喉に突き立てようとした。

「やめろ、落ち着くんだ。包丁を放せ」

「いやだ、いやだ、もう生きていてもつまらない」

おさちは顔をくしゃくしゃにして泣きわめいた。

「あの人は、わたしといずれいっしょになりたい。だからしばらく待ってくれと約束してくれたんだ。わたしはそれを信じていたし、あの人もときどき会いに来てくれた。わたしの仕事が終わるのを待ってくれていたこともある。小遣いが足りないといわれれば、黙って渡してやった。それなのに、なのに、わたしの知らないところで、別の女と……」

うわーっと、おさちは大きな泣き声を上げた。

「いいから、おさち、包丁を放すんだ。それをこっちによこせ。話はおれが聞いてやる。早まったことをするんじゃない」

次郎はそろりそろりと近づいて、包丁を取ろうとするが、

「来ないでッ！」

と、おさちは強く叫んで、包丁の切っ先を喉元にあてた。

「急によそよそしくなって、別れてくれといったわけがわかった。そうだったんだ。わたしは、ずいぶんあの人のためを思って貢いでやったんだよ。そりゃたいした物じゃないけど、あの人はそれを大層喜んでくれて……ちくしょう！」

「やめろ！」

次郎はおさちに飛びつくと、包丁を持つ手を強くつかんだ。

「こんなことで死んでどうする。生きてりゃまたいいことがある。死ぬなんて馬鹿だ。放せ、包丁をよこしな」

次郎はおさちの手からようやく包丁を奪い取った。包丁をなくしたおさちはその場にくずおれると、背中を波打たせて泣きじゃくった。

「つまんねえ男に未練持ったって仕方ねえさ。あいつのことなんか、きれいさっぱり忘れて、あきらめたほうがいい」

次郎はやさしくおさちの肩を抱きよせて、台所から土間に戻り、框に座らせてやった。おさちは泣いているだけだ。

「……でも、わたしは、あの人が好きだったんですよう……ほんとに死ぬほど好きだったのに……」

その言葉に、次郎は打ちのめされた。

この期《ご》に及んで、この女の気持ちを自分に向けるのは無理だと悟った。すると、それまで熱かった感情が急に冷めていった。ただ、胸にはむなしさがあるだけだ。

次郎はすっかり冷め切った目で、しくしく泣きつづけるおさちを眺めた。

「もう一度聞く。あんたは、女将が殺された晩、仕事を終えてから決して店に戻っていないのだな」

「もう何遍いえばわかるんです。わたしは戻っておりません。そのことはおとっつぁんもおっかさんも、いってくれたではありませんか……どうして、そんなにしつこく……」

おさちはまた顔を伏せて嗚咽《おえつ》を漏らした。

「栄太郎に高い帯を買ってやったそうだが、どこにそんな金があった？」

「……お金……？」

おさちは泣き濡れた顔を上げて、まじまじと次郎を見た。

「よしの働きで買えるような帯じゃなかったんじゃないか？　それにあんたはその辺の女が買えないような振袖も持っている。その金をどうやって都合した？」

「い、いったい、何をいいたいんです？」

「金の出所を知りたいんだ」

「そんなこと……働いて貯めたお金で買っただけです。それが悪いことですか？」

「本当だな？」

「何です、その目は？　わたしは前にもいったとおり、借金があって奉公に出ていたのではありません。決して多くはなかったけど、もらった給金を貯めて好きなものを買っちゃいけないんですか？　よしで働いたお金だって無駄遣いせずに、コツコツ貯めていたんです。それを、疑うのですか？　まさか、わたしが店の金をくすねたとでも思っているんですか？」

「そうじゃない」

「もう、うんざりです！　わたしになんかかまわずに、早く下手人を捕まえたらどうなんです！　何も悪いことしてないのに、わたしには不幸ばかりが……お願いです、もう放っておいてください！」

最後に金切り声を発したおさちは、また大粒の涙をこぼして突っ伏した。

次郎はやるせないため息をついて、それまでとは違う冷え冷えとした眼差しでおさちを眺めた。と、そのとき、誰かが戸口に立っている気配に気づいた。

はっとなって振り返った。

「……菊さん」

六

「気が高ぶっているようだが、大丈夫か？」

菊之助は次郎の肩越しに、おさちを見ながらいった。

「……多分、もう大丈夫でしょう」

その声が聞こえたのか、おさちが声を荒げた。

「早く出てって！　出て行ってください！」

菊之助は泣きじゃくるおさちに一瞥《いちべつ》をくれてから、

「話を聞きたい」

と、次郎を表にいざなった。

「さっき、栄太郎という名が出たが、それはいったい誰だ？」

菊之助は次郎を真正面から見据えた。

「おさちが奉公していた店の手代です」

「高松屋の手代のことか？」

「はい。二人はいい仲だったんですが、おさちはその栄太郎に裏切られちまって……」

「裏切られた？　次郎、よく話が呑み込めない。詳しいことを聞かせてくれ」

おさちの家を出ると、近くを流れる小川の畔《ほとり》に出た。

「さあ、話せ」

菊之助は振り返って次郎に正対した。

「どこからいえばいいか……」

「おまえが耳にしたかぎりのことだ。最初は二人のことをどこで知った？」

「それは高松屋のそばです。おさちが栄太郎に会いに行ったのを見て、それから店の女中から話を聞きました」

次郎はそういってから、順を追って話していった。

高松屋の女中・お鈴から聞いたこと、栄太郎が紅屋の後家・お峰に乗り換えたこと、またそのお峰と栄太郎が密会して交わした話。そして、最後にさっきおさちを問い詰めたときに、彼女の口から出てきた言葉などだった。

一連の話が終わるまで、菊之助は静かに耳を傾けていた。そばを流れる小川が、潺湲《せんかん》たる瀬音を立て、そばの木立で鶯がさえずっていた。

話をする次郎は、ときに苦渋の色を顔ににじませた。ときに、悔しそうに唇を嚙み、また栄太郎のことを唾棄《だき》するように罵《ののし》った。

菊之助は今回の事件に乗りだした当初から、そうではないかと思っていたが、やはり次郎はおさちに一目惚れしていたようだ。しかし、それを咎めるつもりは毛頭ない。

「栄太郎に気づいたのは、おまえがおさちを尾《つ》けてのことだったのだな」

「そういうことになります」

「それでおまえは二人の仲がどうなっているのか知りたかった。そして、お鈴の話を聞いて、栄太郎が心変わりをしていることを知った。そうだな」

「はい」

「それが昨夜のことってわけか……」

菊之助はしばらく遠くの空を眺めた。

「次郎、ひとつわからないことがある。おれの目を見て答えるんだ」

そういって、菊之助は次郎をまっすぐ見た。次郎も見返してくる。

「なぜ、今朝はおれを置いて、先に家を出た。さっきの話からすると、おまえはおさちを疑っていた節がある。そりゃ、およしに使われていた女中で、殺されたおよしを最初に見つけたのもおさちだったからというのは、いまだにおれの心に引っかかっていることだ。だが、おまえはそれとは違うことを知ったのではないか……どうだ？」

「………」

次郎の目がわずかに泳いだ。

「何かに気づいたのだな。何だ?」

次郎は一度視線を下げて上げなおした。

「倉内幸之助から聞いたんです。よしの女将と女が口論しているということを……それも店のなかだったというし、開店前だったとも……。そこまで聞けば、もうおさちしかおりません。それに倉内幸之助は、自分でその女を捜すと……あっ!」

次郎は驚きの声を上げて、しばし絶句した。

「どうした?」

「菊さん、おいらとんでもねえことをしてるかもしれねえ」

「どういうことだ?」

「おいら、倉内幸之助におさちのことが知られるのがいやで、妙なことを教えちまったんです」

「だから何だ?」

「あの男は西川新十郎を恨んでいました。決着をつけなきゃならないともいっておりました。だから、おいら、西川の居所を教えたんです。倉内はどうせ西川にかないっこない。斬られちまえば、おさちはまだ救われると……おいら、おさちを下手人にしたくなくて

「……」

「そりゃいつのことだ？」

「今朝です。もう一刻半（三時間）ほど前、いやもっとたっているかも……」

「おまえってやつは……次郎、ついて来いッ」

菊之助はそういうなり駆け出した。

「西川が居候している店を、倉内に教えたのだな」

「は、はい」

泣きそうな声を上げながら次郎がついてくる。

「なんてことを、この大馬鹿者ッ！」

菊之助は駆けながら次郎を一喝した。だが、うだうだ説教している場合ではない。倉内幸之助が殺されるかもしれないのだ。

向かうのは、鳥居坂下にある「おかめ屋」という飯屋だ。一度前を通っているので、場所はわかっていた。

渋谷川に架かる土橋を渡ったとき、鉤鼻の五郎七と出会ったが、立ち止まる余裕はなかった。血相変えて駆ける菊之助と次郎に、

「どこ行くんです？　何かあったんですか？」

と、五郎七が聞いてきたが、二人は声を返さず走った。

麻布広尾町を疾風のように駆け、南部坂を上り、麻布本村町《ほんむらちょう》に入って一本松まで来ると、陰鬱《いんうつ》で急峻な暗闇坂を滑るように下った。その先に鳥居坂がある。

今にもつぶれそうな佇《たたず》まいのおかめ屋が見えると、菊之助は足をゆるめた。激しく肩を動かし、呼吸を整える。滝のような汗が全身に流れていた。

おかめ屋の戸は開け放してあった。入口横に、半分腐りかけて、傾いた看板があった。

菊之助は汗を拭きながら、店のなかに入った。暗い土間に縁台だけを置いた粗末な店だった。板場横の床几《しょうぎ》に座っていた老婆が腰を上げた。これがお熊という女将らしい。

「いらっしゃいませ」

というのに、

「ここに西川新十郎という浪人が居候していると聞いてきたのだが、おらぬか?」

菊之助が息をはずませながらいうと、

「なんだい、今日は妙な客ばかりだね。あの男だったら、さっき若いのが来て、近所に出て行ったよ」

と、お熊は歯の抜けた口を動かした。

「近所というのはどこだね?」

「さあて、どこだろう。その辺にいるんじゃないかね」

菊之助はみなまで聞かずに店を出た。

「次郎、二人を捜すんだ」

「捜すってどこを？」

「そう遠くには行っていないはずだ。待て、人目につかないところだ。倉内幸之助が意趣《いしゅ》返《がえ》しをするなら……」

菊之助はあたりに視線をめぐらした。鳥居坂の上は武家地で、その反対には町屋が広がっている。菊之助は自分が幸之助ならどうするかと、置き換えて考えた。

近くに池のある野原があったはずだ。たしか、末広稲荷の近く……。記憶を手繰《たぐ》った菊之助は、もうそっちに足を向けていた。

次郎がどこへ行くんだと訊く。

「黙ってついてこい」

強くいうと、次郎はしゅんと押し黙った。

後戻りする恰好で、しばらく行って左に折れた。その先に末広稲荷があり、空き地へつづく野道があった。その道を辿りはじめたとき、

「きえーッ！」

怪鳥《けちょう》のような声が、耳に飛び込んできた。

足を止めた菊之助は、耳をすました。蕭々《しょうしょう》と林を渡る風の音に混じって、低い男の声が聞こえた。

「貴様、卑怯なことを……」

男はそういっていた。

「菊さん、あそこです」

次郎の指さす方角に、西川新十郎と倉内幸之助の姿を見つけた。

鬱蒼とした雑木林の手前に立つ一本の椿の下で、二人は向かい合っていた。

だが、新十郎は片膝をつき、さらに片腕を押さえている。

「やめろ！　やめるんだ！」

菊之助は叫ぶなり、駆け出した。

七

「また、御用聞きか」

腕から血を流しているくせに、新十郎は気丈なことをいった。

「おまえたちはいったい何度いったらわかるんだ」

「わからねえのは、この若造だ。それにこの野郎、卑怯にも背後から斬りつけやがった」

新十郎は青眼に構え、体をこわばらせている幸之助をにらむ。

菊之助も幸之助を見た。人を斬ったのは初めてなのか、顔面蒼白だ。それに柄を握る手がふるえている。

「刀を引け」

「駄目だ。きっちりケリをつけねば気がすまぬ」

幸之助は臆しているくせにそんなことをいう。

「おい、御用聞き、下がれ。こいつはおれに斬られないとわからない馬鹿だ。とことん思い知らせてやる」

新十郎はゆっくり立ち上がった。怪我はたいしたことはないようだ。

「ならぬ。この男は大事な証人だ。ここで斬り合いをされては困る」

「そんなことはおれには関係ねえ。売られた喧嘩だ。買ってやる。それに、こんな卑怯な唐変木《とうへんぼく》は、生きててもろくに役にたちゃしない。どけ」

菊之助は不意をつかれて、新十郎に突き飛ばされた。よろめいたところで、新十郎が刀をすくい上げるように一閃させた。陽光を弾く刃が、鋭く風切り音を立てた。

強烈な一撃ではあったが、幸之助は新十郎の気迫に腰砕けになり、尻餅をついたので、一難を逃れた。だが、新十郎は第二の太刀をすかさず送り込む。

大上段からの唐竹割りである。

「たあーッ！」

新十郎の刀が裂帛の気合とともに、勢いよく振り下ろされた。

南無……。

恐怖に身動きできない幸之助が、目をつむってつぶやいた。

きーん！

耳をつんざく、突然の金音。

息を呑んでいた菊之助は、次郎の投げた十手に気づいた。

新十郎の刀が折れ、刃先が池に落ちた。水面に浮かんでいた鯉が、驚いて水のなかに姿を消した。

「貴様ッ」

新十郎は次郎をにらんだ。

その手には半分の刃しか残っていない刀が握られていた。

菊之助は今度こそ前に立つと、さらりと刀を抜き、切っ先を新十郎に向けた。

「西川、これ以上やるというなら、おれが相手になる」

「てめえ、ふざけたことを……。この刀で勝負しろというのか」

「だったら、下がるんだ」

背後で幸之助が立ち上がる気配があった。

「どうにも間尺の合わないことばかりだ。だが、そやつには土下座してでも詫びを入れてもらわなきゃ、気がすまぬ」

「……いいだろう」

菊之助は刀を引いて、幸之助を見た。

「背後から斬りつけた無礼は、武士にあるまじき所業。一言詫びを入れるべきだ。それで、何もかも水に流してこの場を収めてくれないか」

額に脂汗を浮かべていた幸之助は、悔しそうに唇を噛んだ。

「大事な人の前で恥をかかされた悔しさもわからぬではないが、不調法はどっちにある？よく考えればわかることではないか。さあ、詫びを……」

幸之助は一瞬、うつむいて足許を見たが、つぎの瞬間、驚くほどの早業で、迅速の突きを新十郎に繰り出した。

だが、それは菊之助が許さなかった。

突き出した幸之助の腕《かいな》を、左腕で撥ね上げると、そのまま腰を落とし、右手に持った刀の柄頭を、鳩尾《みぞおち》に打ち込んだ。

「うっ……」

幸之助は短くうめいて、そのまま前にくずおれ、必然と両手をつく恰好になった。息苦しそうに、背中を波打たせ、うめきを漏らす。

「倉内、さあ、詫びだ。一言でいいのだ」

菊之助は幸之助の首の付け根を押さえ込んだ。もはや呼び捨てである。

「いえ、いうんだ」

「か、勘弁を……」

うめくように声を漏らした幸之助は、苦しそうに、ごほごほと咳をした。

「西川殿、これでわかってくれぬか」

菊之助はじっと新十郎を見た。

「……おめえってやつは、あきれた男だ」

新十郎は心底そう思っているらしく、首を左右に振って、

「江戸に来たはいいが、おぬしらと顔合わせていると、おれのせっかくのツキが逃げそうだ。もう、おれには関わるな。それにしても、この刀……」

新十郎は気落ちした顔で、欠けた刀をそのまま鞘に納めると、もうあとは振り返りもせず去っていった。

「倉内幸之助、命あっての物種だ。だが、これで終わったわけじゃない。貴公にはこれから大事なことで付き合ってもらう」

菊之助は有無をいわせぬ語調で、そういって幸之助の腕をつかんで立ち上がらせた。


半刻（一時間）後――。

菊之助は秀蔵が指揮所にしている渋谷広尾町の水茶屋に入っていた。通りの向こうに、閉店した「よし」がある。

水茶屋のなかには、秀蔵と小者の寛二郎、そして倉内幸之助が緊張の面持《おもも》ちで座っている。幸之助は旗本の次男なので、扱いが難しい。

「あくまでも証人だ。そう心得てくれ」

と、菊之助は諭していた。

見苦しいところを何度も見られている幸之助はおとなしい。

「それで、菊の字。何を考えてやがる」

秀蔵は苛立っている。人手をかけて朝から聞き込みの大探索をしているが、新たな情報は何も得られていなかった。

「ともかく高松屋の手代・栄太郎が来てからだ」

菊之助はそういって茶を飲んだ。

次郎と五郎七の二人が栄太郎を連れにいっている。急がせているので、やってくるまであと小半刻もかからないだろう。

しばらくして、秀蔵が子飼いのように面倒を見ている日向金四郎が、小者を連れて戻ってきた。定町廻りに昇格して三年近くになるので、以前の青臭さが取れ、だんだん八丁堀同心らしくなっていた。

「どうだ？」

金四郎の顔を見るなり、秀蔵が声をかけた。「いや、何も」と金四郎は首を振る。それから、幸之助に気づいた。

「証人だ」

短く答えた秀蔵は、それで三杯目のあんみつに取りかかっていた。

朝のうち空は晴れていたが、今は雲が浮かんでいた。それでも強い日射しが雲間から射している。葛籠《つづら》を担いだ行商人が二人やってきたが、店のなかにいる町方に気づき、また何やら物々しい空気を察し、すごすごと出て行った。

それからしばらくして、金四郎の使っている小者に連れられておさちが姿を現した。

「何をお調べに……」

おさちは菊之助から秀蔵に目を移し、目をしばたたかせた。菊之助はおさちを見て首をかしげる幸之助に気づいたが、

「そこに座って、しばらく待ってもらえるか」

そういって、そばの縁台におさちを座らせて待たせた。

次郎と五郎七に連れられた栄太郎がやってきたのは、それからすぐのことだった。縁台に座っていたおさちが、バネ仕掛けの人形のように立ち上がれば、栄太郎はばつが悪そうにうむついた。

「おめえが栄太郎か……」

秀蔵が涼しげな目で栄太郎を見て、

「菊之助、これで役者は揃ったってことになるが、どうする？」

うながされた菊之助は、まず幸之助をそばに呼んだ。

「倉内、この人がよしで働いていた女中だ。見覚えはないか？」

幸之助はじっとおさちを見る。

「よしの女将と口喧嘩している女を見たと、次郎に話しているな。店のなかで口論してい

る声も聞いたと……」

「……この女です」

幸之助ははっきりといった。

「間違いないか？」

幸之助はうなずいた。

菊之助はおさちに視線を移した。

「おさち、見てのとおり、ここには八丁堀の旦那が二人も顔を揃えている。やましいことをしていなければ、正直に話すんだ。女将のおよしと口喧嘩したことはあるな」

「喧嘩というより、おかみさんがしつこく注意するので、いい返したことはあります。でも、それは女将さんがわたしを思ってのことだとわかってはいたんですが……」

「女将にどんなことを注意された？」

「それは……」

おさちは口ごもったあとで、栄太郎を一瞥して、

「栄太郎さんのことです。……悪いことはいわないから、栄太郎さんとは手を切れと、そんなことをいわれたので、カッとなって……」

「なぜ女将はそんなことをいったんだ？」

おさちは少し躊躇ってから答えた。

「わたしは栄太郎さんといっしょになろうと約束しておりました。そして、そのつもりでいました。栄太郎さんが困ったことがあれば、何でもしてやろうと、そう思ってもおりました。それで、お金が足りないという栄太郎さんに、何度かお金を都合したことがありま す。女将さんは、こんな小さな店の女中に無心する大店の手代がどこにいる、そんな男はやめてしまえ、どうせろくな男じゃない、おまえは遊ばれているだけだといいました」

「金を都合したといったが、その金はどうやって作った？」

「わたしは無駄遣いもせず、こつこつ貯めておりましたから、それを……」

「何度も都合したのか？」

「五、六回は……」

「金はどこで渡した？」

「栄太郎さんが店に来たときや、わたしが高松屋に会いに行ったときです」

菊之助は栄太郎を見た。

「おまえさんは、この町によく来ていたのだな」

「よくってほどではありません。たまにです」

栄太郎の顔色はよくない。

「よしの女将に会ったことはあるのか？」

「一度、おさちに紹介されたことがありますが、それ一度きりです」

「そうか。しかし、店のことは知っていた。そうだな」

「……まあ」

菊之助は栄太郎から視線を外して、次郎を見た。

「福屋の亭主を呼んできてくれ」

いわれた次郎が通りの向こうにある履物屋に走り、すぐに主を呼んできた。

「何でございしょう……」

と、年老いた主は、前掛けを揉みながら目をしょぼつかせる。

「お主は夜中によしを訪ねてきた男を何度か見ているそうだが、顔を見ればわかるか？」

「さあ、それは……」

主は自信なさそうに首をかしげる。

「だが、その本人に会えばわかるのではないか？」

「………」

「そこにいる男はどうだ？」

菊之助が栄太郎を指すと、主はじっと目を凝らした。

「似てるような気もいたしますが、はっきりとは……」

期待をしていた菊之助は少し落胆した。そのまま福屋の亭主を帰した。

「それじゃ栄太郎、二月二十二日の夜だ」

栄太郎の顔は紙のように白くなっていた。

「その夜、そこにあった居酒屋よしの女将が殺された。おまえさんは、どこで何をしていた？」

菊之助は目を見据えて聞く。

「ちょっとお待ちください。これはいったい、わたしを下手人にしようという話し合いなのでしょうか？」

「聞かれたことに答えろ！」

黙っていた秀蔵が鋭く一喝すると、栄太郎は亀のように首をすくめ、青くなった。

「み、店におりました」

「間違いないな」

「は、はい」

そう答えた栄太郎を見て、菊之助は次郎をそばに呼んだ。

「例のことは聞いてきたか？」

「はい」

次郎は顔を引き締めて、菊之助に短く耳打ちした。

とたんに、菊之助は眉間にしわを彫った。

「栄太郎、嘘はそこまでだ。おまえはその夜、この町にやってきて、よしが閉まるのを待った。それからおさちが帰るのを見届け、さらに中村又右衛門という侍が帰るのを待ち、店に忍び込み、女将のおよしを板場の包丁を使って刺し、手文庫の金を盗んで逃げた」

「ま、まさか、そんなことを……」

栄太郎はぶるぶる顔をふるわせた。すっかり顔色を失っている。

「なぜ、二月二十二日と聞いたときに、とっさに店にいたと答えられた？　よくその日のことを覚えていたもんだな」

栄太郎は、はっと、息を呑み、目を見開いた。

「そ、それは……」

「おまえはその夜、店にはいなかった。調べはついているのだ」

栄太郎は地蔵のように固まった。

「おまえは仕事が終わるとその足で、懇《ねんご》ろになったお峰の店に行き、そこで暇をつぶして出かけ、また夜中に戻っている。それを何と説明する？」

「……それはわたしの勘違いで、日にちを間違えているのです」

「それじゃお峰の家で着替えた着物はどうだ？」

「あっ……」

栄太郎はぽかんと口を開けた。

「……その着物には血糊《ちのり》がついていたそうだな」

とどめの一刺しだった。栄太郎は瘧《おこり》にかかったように、体をふるわせると、いきなり、その場に土下座した。

「も、申しわけございません。も、申しわけ……」

そのまま栄太郎はうめくように泣きつづけた。

秀蔵があきれたように栄太郎を眺め、

「寛二郎、縄を打て」

と、静かに命じた。

そのとき、ひとりの男が水茶屋に駆け込んできた。それは町奉行所の中間であった。秀蔵を見ると、そばに行き、短く耳打ちした。

と、秀蔵が顔を険しくして菊之助をにらんだ。

だが、菊之助はそんな秀蔵には頓着せず、

「あとの調べはおまえの仕事だ。おれは引き上げる」

そういうのに、

「菊の字、おれに嘘をついていたな」

と、冷ややかな目を向けてきた。

「なんだ？」

「とぼけやがって。中村又右衛門のことだ」

「………」

菊之助はやってきたばかりの中間を見た。なるほど、そうかと思った。

「小姓組の人間を請人にして、てめえの長屋に隠れ住んでいたというじゃねえか。なぜ黙ってやがった？」

秀蔵の白い顔がわずかに紅潮していた。

「話せば長くなるが、いずれにしろ中村さんは無実であった。そうではないか……」

「てめえ……」

秀蔵は苦々しい顔で口をねじ曲げたが、どうにか溜飲を下げ、

「まあいいだろう。これで一件落着だ」

そういった秀蔵は卒然と立ち上がるなり、

「栄太郎を連れて引き上げだ」
と、凜《りん》と声を張った。

八

それから二日後の朝、池田又右衛門こと中村又右衛門は、源助店を出ていった。引き払う際は、長屋の各家を訪ねて歩き、そこは武士らしく丁重な挨拶をしていった。菊之助に殊《こと》の外《ほか》あらたまって礼をいったのはいうまでもない。

高松屋の栄太郎は、秀蔵の厳しい取り調べに何もかも白状し、犯行を認めていた。「よし」の手文庫のことは、おさちと話をしているときに知り、またその管理がずさんだということに狙いをつけていたという。

金は博奕《ばくち》の借金返済と、入れ込んでいたお峰へ貢ぐためだったというから、あきれるしかない。もっともおよしを殺すつもりはなかったが、強く抵抗されたので、思いあまって包丁で刺したということだった。

さらに、それから二日後の夕暮れ——。

菊之助はいつものように包丁研ぎに専念していた。腰高障子に黄色い西日があたっており、表で子供たちの声がしていた。

そこへひょっこり次郎が顔を見せた。

「菊さん……」

声を低め、表の路地を顎でしゃくる。

「どうした？」

「あの人です」

菊之助は腰を上げ、草履を突っかけて表に出た。

又右衛門の娘・春枝の姿があった。一軒一軒を訪ね歩き、手にした風呂敷から何かを渡している。それは手拭いだとわかった。

「お世話になりました。礼を失した父のお詫びでございます。つまらないものですが、どうぞお納めください」

春枝は腰を低くして、そんな挨拶をしていた。

「まあまあ、こんな丁寧なことをされなくても……」

品物をもらうおかみは、遠慮するが、春枝の腰の低さと愛想のよさに気をよくしている。

しばらくして、春枝が菊之助と次郎に気づいた。

口許に小さな笑みを浮かべ、辞儀をすると近くに寄ってきた。

「この度はいろいろとご面倒をおかけいたしました。荒金様と次郎さんには、くれぐれも父がよろしくといっておりました」

「ともかく何よりでした」

菊之助は笑みを浮かべて応じた。

「あのように無愛想な人ですから、こちらのみなさんにご迷惑をおかけしたのではないかと、母が申しますのであらためてご挨拶に伺った次第です。これは、ほんの気持ちでございます。どうぞ納めていただけますか」

菊之助は素直に手拭いを受け取った。次郎もそれにならう。

「暇ができたらいつでも遊びにいらっしゃるように父が申しておりました」

「機会があれば伺うことにしましょう」

「是非、いらしてくださいませ。あのもうひと廻りしてまいりますので……」

春枝は残りの家に挨拶をして戻ってきた。

「終わりましたか……」

「ええ、無事に」

春枝はほっとした表情をしていた。

「ほんとにまた遊びにいらしてください。是非とも山菜の天麩羅《てんぷら》を召しあがって頂きたく存じますので……」

「ほう、そりゃ楽しみです。それじゃ早いうちに伺わなければ」

「ええ、是非……それじゃ、わたしはこれで……」

再度辞儀をした春枝を、菊之助と次郎は表まで見送っていった。

「あ、そうでした。お伝えすることがあります」

去りかけた春枝が振り返ったのはすぐだった。

「わたし、お婿様を迎えることになりました」

そういった春枝の顔はいつになく輝いていた。

「そうですか、それは目出度《めでた》い。それで相手はどちらの方です？」

春枝は恥ずかしそうに、一度視線を外してから、

「倉内幸之助さんです」

と、はっきりいった。

菊之助と次郎は、あっけにとられた。

「え、あの男と……」

次郎はそんな声も漏らす。

しかし、春枝は笑顔で応じた。

「よく考えたのです。幸之助さんは少し頼りないところもありますが、わたしのことを一途に思ってくださっています。わたしはあの人のその一途さに負けました。でも、間違っていないと思います。どんなに素晴らしい家柄の人でも、わたしを愛してくれない人なら、幸せはないはずです。そう思って決断いたしました」

「……そうでしたか、いやこれはおめでたい。どうかお幸せに」

「ありがとう存じます。それではこれで……」

春枝はもう一度辞儀をして帰っていった。

「まさか、あの男が……あの人を……でも、あの人もあんな男を……」

次郎はいまだに信じられないという顔だ。

「男と女のことはわからぬものだ。こういうこともあるのだろう」

「……一途さに負けた、か。まいったな」

菊之助は首を振っていう次郎を見た。

「おまえも一途になったらどうだ？」

「ヘッ、誰にです？」

「さあ」

「菊さん、まさかおさちのことを……おいら、もう冷めちまったんです。妙なこといわないでください」

「しかし、今度はおまえのお手柄だったな。おまえがおさちに一目惚れしなきゃ、下手人に行きつかなかったかもしれない。それにしても、とんだ恋わずらいであった」

ははは、と菊之助は明るく笑った。

「かあー、人が悪いな。何でそんなに冷やかすんです」

「冷やかしちゃいない。ともかくおまえが手柄を立てたのはほんとのことだ。よし、今夜は奮発して何か奢《おご》ってやろう」

「ほんとですか」

次郎は目を輝かせた。

「それじゃ、鮨《すし》だ。菊さん、鮨をたらふく食べさせてください」

「ああ、まかしておけ」

夕ぐれた空を、渡り鳥の群れが飛んでゆき、暮れ六つ（午後六時）の鐘が聞こえてきた。

あとがき

今年も暑い夏が来た。

何かと気ぜわしい年末年始もそうだが、暑い夏も体調に変化が起きやすい。若いときならともかく、この年になると、年々体力の衰えを思い知る。他人はそうだろうが、自分はいつまでも丈夫なほうだと思っていたが、どうやら過信だったようだ。

まず、疲れの抜けが違うし、回復力の速度が遅くなっているのに気づく。急な階段や、急坂を上るとき、中高生がすいすいと追い越してゆく。なにくそと思って、歩調を合わせるうちに、息が荒くなっているのに気づく。情けない……。

さらに夏前には、本当に体調を崩した。

まず、過労気味の体の抵抗力が弱まっていたのか、薬の副作用にあたり（?）、両瞼がお岩さんのように腫《は》れ、ついで全身に蕁麻疹《じんましん》ができた。それはもう頭のてっぺんから足の裏まで、発疹が現れるというひどいもので、数日間、何もできなかった。

ようやく回復したかと思ったら、軽い風邪をぶり返し、咳《せき》が止まらなくなった。市販薬ではいっこうに快癒《かいゆ》しないので、かかりつけの病院に行って薬を処方してもらった。ところが、この薬が眠気を誘い、頭がぼんやりしたまま集中力がつづかない。横になるとすぐに居眠りをし、また朝起きるのもつらい。仕事はいっこうに捗《はかど》らなかった。どうにか復調したが、それでも都合三週間ほどかかった。高熱が出たわけでもなかったが、この体たらくである。

体調管理は大事だ。そのことをつくづく思い知らされた。以来、食事と適度な運動、それから休養に気を配るようにしている。

みっつの要素があるわけだが、ひとつめの食事に関しては飲酒量を抑えることが一番だろう。

ふたつめの適度な運動。

これは、犬の散歩とゴルフがある。しかし、これまではどんなに疲れていても、ふと思い立つと、へぼゴルファーがゆえに、体に鞭打ってでも練習に行っていた。もうそれはやめよう。

みっつめの休養を取るのが難しい。

まず、暇がない。やり繰りして休養日を作らなければならないと思うが、仕事はエンドレスなので、どこでどう区切りをつけるかが難しい。

よし、今日は半日何もしないでおこうと思うときがある。それは一瞬だ。ソファやベッドに横になると、普段できない雑用を思い出し、動いている。横になっていても、はたと気づけば、あのストーリーを展開させるために、あの人物にあの人物をからめてみるか、などと考えている。

精神衛生上よくない。そこで、しばらく行っていなかったキャンプに行くことにした。

湖畔でテントを張り、すがすがしい空気のなかで自然を満喫し、ゆったりした時間の流れを感じる。もちろん、仕事道具は一切持って行かない。

キャンプのあとも疲れるが、キャンプ中に心身がリフレッシュできることをわたしはよく知っている。なぜ、中断していたのかと、少しばかり悔やんだ。

そして、今年は十数年付き合ったテントとタープに別れを告げ、新しいものに買い換えた。今年の夏からときどき犬連れのモノカキが、湖畔や海辺にいるはずです。それとなくお気づきになった方は、どうぞ遠慮なく声をかけてください。おいしい酒を飲みましょう。

二〇〇八年夏　稲葉　稔

光文社文庫

文庫書下ろし／長編時代小説
恋《こい》わずらい——研《と》ぎ師《し》人情《にんじょう》始末《しまつ》（八）——
著者　稲《いな》葉《ば》稔《みのる》

2008年8月20日　初版1刷発行

発行者　駒井稔
印刷　堀内印刷
製本　明泉堂製本

発行所　株式会社　光文社
〒112-8011　東京都文京区音羽1-16-6
電話（03）5395-8149　編集部
8114　販売部
8125　業務部

ISBN978-4-334-74466-3　Printed in Japan

組版　萩原印刷

お願い　光文社文庫をお読みになって、いかがでございましたか。「読後の感想」を編集部あてに、ぜひお送りください。

　このほか光文社文庫では、どんな本をお読みになりましたか。これから、どういう本をご希望ですか。

　どの本も、誤植がないようつとめていますが、もしお気づきの点がございましたら、お教えください。ご職業、ご年齢などもお書きそえいただければ幸いです。当社の規定により本来の目的以外に使用せず、大切に扱わせていただきます。

光文社文庫編集部